KB133880

골든 플랫폼

골든 플랫폼

죽음 이후, 알게 된 진정한 사랑

이지현 지음

글통

차 례

서글픈 햇살

가끔 들리는 어색한 새소리는 인공의 대지 위에 날아든 낯선 불청객이었다. 서글픈 햇살은 쏟아져 내리다가 심드 렁하게 건물들 사이를 지나가고 있었다. 디자인 회사 대표 인 미루는 오늘도 바쁜 하루를 보내며 가끔 창밖을 무심히 내다보곤 했다.

검은색 바지와 슈트를 입은 그녀는 건조한 표정으로 디자 인 시안들을 꼼꼼히 챙겨보고 있었고 그녀의 검고 풍성한 머리카락은 좁은 어깨를 감싸며 흘러내렸다. 깊고 고요한 그녀의 눈빛은 가끔씩 먹구름이 지나가듯 어둠이 내려앉곤 했다.

미루는 시안을 보다 말고 한숨을 쉬면서 디자인 실장인 세아를 호출했다. 곧이어 세아가 대표실로 들어왔다. 세아 는 오늘따라 몸에 달라붙는 화려한 색상의 드레시한 원피스로 자신을 드러내고 있었다. 매력적인 붉은 드레스는 이목구비가 선명한 세아의 얼굴을 더욱 돋보이게 했으며 긴 생머리를 단정하게 묶어서 목덜미가 도발적으로 드러났다. 미루는 세아에게 테이블에 앉으라 하고서 자신도 따라 앉았다.

"디자인 시안을 검토 중인데 뭔가 부족한 느낌이 들어. 세아가 총괄했으니까 의견을 한번 말해주면 좋겠어."

"언니가 회사를 이렇게 빨리 키운 것은 디자인 실력이 뛰어났기 때문이잖아. 부족한 게 있다면 말해줘. 그러면 다시 검토해서 보완할게."

"아니야. 그래도 네 의견을 먼저 들어봐야 할 것 같아."

세아가 미루 쪽으로 몸을 당기며 말하려는데 마침 전화가 걸려왔다. 남편 병길의 전화였다. 미루는 세아에게 잠시 기다리라며 전화를 받았다. 용건은 여름휴가였다. 병길은 시원한 계곡이 있는 산으로 휴가를 가자고 했다. 미루는 까르르 웃으면서 좋다는 말을 반복하다 전화를 끊었다. 세아가 호기심이 가득한 얼굴로 미루의 얼굴을 쳐다보며 말했다.

"언니, 누구랑 그렇게 재밌게 통화했어?"

"응, 니 형부랑. 여름휴가를 산으로 가자고 하네."

"언니, 너무 부럽다. 나도 같이 가면 안 될까. 우리 휴가가 같은 시기잖아. 이번 휴가도 혼자 보내려니 우울해서."

"나는 좋지, 남편한테 얘기할게. 그 사람도 좋아할 거야."

미루의 승낙에 세아는 환호성을 지르며 기쁨을 감추지 않앉다. 미루는 올해 들어 유난히 집에 자주 놀러 오는 세아가 조금은 부담스럽기도 했지만, 오랜 후배로서 늘 자신을 도와주는 세아에게 고마운 마음을 가지고 있었다.

하지만 남편은 세아를 만날 때마다 왠지 사무적이고 건조하게 대하는 것 같았다. 남편에게 이번 휴가만큼은 세아에게 잘 대해주라고 당부하는 것을 잊지 말아야겠다고 생각했다.

같이 휴가를 간다는 기쁨 때문인지 세아의 붉은 입술과 붉은 옷, 홍조를 띤 그녀의 얼굴까지 모든 것들이 붉게 물들어 미루는 잠시 현기증이 났다. 세아는 흥분한 목소리로 미루의 눈치를 살피며 말했다.

"내가 언니를 얼마나 좋아하는지 언니도 잘 알 거야. 내가 남자친구가 있는 것도 아니고"

"그럼, 그럼~ 알지. 우리 셋이서 함께 여행 가는 건 처음이지만 재밌을 거야."

"우리가 같이 여름휴가를 간다니 너무 좋아. 이번 휴가, 정말 기대돼."

"그래, 나도"

"언니, 나 묻고 싶은 게 있는데... 언니 지금 행복해?"

느닷없이 행복을 물어보는 세아의 질문에 미루는 잠시 머뭇거리며 말했다.

"그럼, 행복하지. 인생을 살면서 가장 행복한 때인 것 같아. 내 인생의 화양연화라고 할 수 있어."

"언니는 참 좋겠다. 부모님이 일찍 돌아가셨어도 무남독녀로 아낌없는 사랑을 받았고 부유한 부모님 덕분에 재산과 회사까지 물려받았잖아. 게다가 남편도 변호사로 주가를 올리고 있으니 언니는 세상 모든 것을 다 가진 사람이야."

"응."

"이제 하던 업무 얘기를 마저 해야겠지. 세아가 말하려던 의견을 얘기해 봐."

"네 대표님, 여부가 있겠습니까."

세아의 장난스러운 대답에 미루도 같이 웃었다. 세아가 설명을 마치고 대표실을 나가자 혼자 남은 미루는 디자인 시안을 다시 검토했다. 그러다 문득 자신이 정말 행복한지를 되물어 보았다.

'그래 인생이란 때로 찬란하고 때로 서글픈 것이니까.'

미루의 인생에서 가장 중요한 사람은 남편 병길 이었다. 병길은 허영기가 다분했지만 여전히 다정한 사람이었고, 미루는 병길에게 의지했다. 미루는 책상에 우두커니 앉아 계속 생각에 잠겼다.

'내가 행복하냐고? 글쎄… 행복한지는 잘 모르겠지만 단지 불행하고 싶지 않을 뿐이야. 실패는 불행을 가져오니까 난 어떤 실패도 싫어. 모두 다 성공하고 싶어. 일도 사랑도 결혼도. 내 인생에서 실패라는 것은 절대 있을 수 없는 일이니까.'

미루는 늘 입버릇처럼 '행복하다'고 말했고 자꾸 그렇게 말하다 보니 행복은 마치 없어서는 안 될 장식품처럼 돼 버렸다.

부모님을 잃은 커다란 고통이 있었지만 지금까지 인생은 그야말로 탄탄대로였고, 하고 싶은 일들은 대체로 쉽게 이루어졌다.

실패가 무엇인지도 잘 몰랐다. 부유한 부모 밑에서 태어나 공부며 건강이며 진학과 진로에 이르기까지 모든 것을 완벽한 뒷받침 속에서 잘 헤쳐 왔다. 삶의 큰 어려움은 없었다. 사회적 경쟁속에서도 대체로 우위를 차지하며 살았으니까.

그래서 였을까? 미루는 다른 여자들에 비해 타인의 감정이나 생각에도 별로 관심이 없었다. 또래 보다 많은 것을 가졌지만 큰 행복감을 느끼지는 못했다. 그래도 종종 스스로를 남들과 비교하며, 억지로 행복한 부류에 집어넣곤 했다.

미루는 일을 지나치게 좋아했다. 일을 멈추면 이상하게도 모든 것이 두렵고 공포스러웠다. 끝도 없이 스멀거리며 살갗을 파고드는 두려움을 잊기 위해서라도 일에 매달려야 했다. 때로는 알 수 없는 슬픔이 뱀의 머리처럼 위압적으로 고개를 빳빳이 치켜들고 미루를 노려보곤 했지만, 그녀는 애써 그것들을 외면하며 부정적인 것들이라고 이름 붙였다.

때로 회사에 힘든 일도 있었지만 그럴 때마다 특유의 뚝심과 배짱으로 해결했고, 해결이 안 될 때는 돌아가는 법도 알았다. 마치 예전에도 수많은 일을 해본 사람처럼 언제나 능숙한 미루였다.

갑자기 미루는 우울한 얼굴로 책상 서랍을 열고 무엇인가를 꺼내 들었다. 낡고 작은 노트였는데, 오래된 앤틱가구처럼 누군가의 체취가 배어 있었다. 그녀는 소중하게 노트를 쓰다듬다가 중간 부분을 펼쳐서 조그마한 소리로 읽기 시작했다. 이윽고 미루의 흐느끼는 소리가 대표실 안의 적막을 깨트렸다. 눈물이 글자에 떨어져서 커다란 얼룩을 남기자, 그녀는 흠칫 놀라 손등으로 재빨리 눈물을 훔쳤다.

삶의 균형은 깨져버렸다
혼돈이 세상을 장악하고
사람들을 삼켜버리고 있었다
물고기가 사자가 되고
사자가 까마귀가 되었으며
까마귀는 어느새 인간이 되었다

-도해가 남긴 일기장에서

검은산

세 사람은 여름휴가로 등산을 선택했다. 미루는 바다를 좋아했고 여름이니 바다로 가자고 병길을 졸랐다. 하지만 병길은 여름일수록 산이 좋다며, 사람들이 잘 모르는 경치 좋은 산을 알고 있다고 했다. 평소 자기주장이 강한 미루였지만 병길에게는 늘 양보하곤 했다. 이번에도 미루는 결국 산으로 가자는 병길의 말을 따르기로 했다. 전혀 알려지지 않은, 이름도 처음 들어보는 산이었다.

드디어 기다리던 휴가 날이 되었다. 세 사람은 미루의 집에 모여서 커피를 마시고 병길이 운전하는 차에 탔다. 병길은 등산복을 명품으로 휘감았고 세련된 헤어스타일로 연예인 같은 비주얼을 하고 있었다. 병길의 눈매는 약간 위로 치켜져 있었지만 크고 서글서글한 인상이 매서운 눈빛을 감싸주었다. 날카로운 콧날과 적당히 살이 붙은 근육질 몸매는 그 자체로 매력적이고 다부져 보였다.

미루는 선글라스를 끼고 시원해 보이는 헐렁한 등산복을 입고 모자를 썼다. 미루는 오랜만에 가는 휴가라며 즐거워 했다. 세아와 같이 가는 것이 조금 불편하기도 했지만 한 번쯤 셋이 휴가를 즐기는 것도 괜찮다고 생각했다. 세아는 친동생이나 다름없었으니까.

운전을 하던 병길은 미루에게 다정하게 말했다.

"당신 건강을 위해서도 등산이 좋을 거야. 호텔로 먼저 가지 말고 산행부터 하자. 끝나고 나서 개운하게 씻고 저녁을 먹는 것으로 할게."

"응, 그것도 좋겠네. 난 늘 당신 결정대로 하니까. 내 건강을 당신처럼 챙겨주는 남편도 없을 거야."

미루는 남편 병길이 달콤한 사람이라고 생각하며 미소 지었다. 병길도 미루에게 따뜻한 눈길로 화답했다. 밝고 화사한 등산복을 입고 뒷자리에 앉아 있던 세아는 웃음이 떠나지 않았다. 오늘 따라 세아의 목소리는 힘이 넘쳐났고 웃음은 하이톤이 되어 차 안을 맴돌았다. 세 사람은 차 안에서도 쉴 새 없이 수다를 떨고 때로는 음악을 들으며 어느덧 목적지에 도착했다.

차에서 내린 미루는 햇살이 너무 눈부셔 잠시 눈을 감았다. 다시 정신을 차리고 힘겹게 눈꺼풀을 밀어 올리며 간신히 정면에 있는 커다란 산을 마주 보았다. 북망산이 이런 산일까. 산은 하늘의 노여움으로 만든 신의 대리인 같았다. 천둥처럼 번개처럼 그렇게 내려칠 듯 가파르고 험준했으며 바라보는 것만으로도 사람을 압도했다.

한 여름, 계곡물도 없는 마르고 삭막한 검은 산만이 하늘로 계단처럼 끝도 없이 뻗어있었다. 짙푸른 여름 나무는 구름 한 점 없는 뜨거운 대낮에도 염라대왕의 소맷자락처럼 어둠의 장막을 드리웠다. 기괴하고 아찔한 산세는 푸르름이 깊어지다 못해 마치 온 몸에 검은 윤기가 흐르는 까마귀의 날갯짓 같이 어지럽게 너울거렸다.

'아~ 숨 막혀'

미루는 어려서부터 산을 잘 타지 못했기에 초입부터 힘들어 했다. 병길과 세아는 자꾸만 뒤쳐지는 미루 보다 멀찍이 앞서 올라갔다.

병길은 뒤돌아보며 미루에게 빨리 오라고 재촉했고, 그때마다 미루는 숨이 차서 고개만 끄덕였다. 앞에서 병길과 산을 올라가던 세아가 고개를 돌려 미루를 내려다보며 말했다.

"언니, 빨리 올라와. 조금만 더 가면 돼. 올라갈 땐 힘들어도 다 올라가고 나면 기분 끝내줘!"

세아는 올라가면서 내내 즐거움을 견딜 수 없는 사람처럼 들떠 있었다. 세아에게 냉랭했던 남편도 이상하게 오늘만큼은 친절해 보였다.

어쩌면 이리 사람이 하나도 없을 수 있을까. 미루는 주위를 두리번거리며 거친 숨을 몰아쉬었다. 사람 냄새를 맡아

보려는 듯 미루는 숨을 들이쉴 때마다 콧속으로 들어오는 공기의 냄새를 뒤적이며 씩씩거렸다. 앞에서 산을 오르는 병길과 세아의 웃음소리가 미루에게는 낯선 사람들의 소음 같았다. 마치 병길과 세아, 두 사람이 부부이고 미루가 따라온 불청객 같았다.

점점 더 멀어지는 두 사람의 모습이 다정하게 너울거렸다. 들뜬 마음으로 즐겁게 온 휴가였는데 갑자기 모든 것이 좀 이상하고 갑갑했다. 미루는 세상에 혼자 남겨진 듯 지독한 외로움을 느꼈다. 산을 오르는 일이 힘들었던 미루는 애써 자신을 위로하며 그렇게 꼭대기로 오르고 또 올랐다. 먼저 올라간 남편과 세아는 미루를 내려다보고 있었다. 갑자기 그들의 눈빛이 위압적으로 느껴졌지만 잘못 본 거라 생각했다.

남편 병길은 다정한 목소리로 미루를 내려다보며 말했다.

"어서 올라와. 조금만 더 올라오면 돼. 너무 상쾌하고 기분 좋아. 조금만 더 힘을 내"

"응. 열심히 가고 있어."

병길과 세아에게 미안한 마음이 들었던 미루가 웃으며 말했다. 세아가 미루에게 들뜬 목소리로 말했다.

"언니, 빨리 와 봐. 여기 너무 좋아."

"세아야, 조금만 기다려."

미루는 자신을 다그치며 있는 힘을 다해 두 사람이 서 있

17

는 곳에 도착했다. 너무나 무더운 날씨 탓인지, 계곡물조차 없는 바위산이어서인지, 다른 등산객이라고는 그림자조차 없는 적막한 산속에 세 사람만이 서 있었다. 남편 병길은 미루에게 경치가 좋다며 즐거워했다.

정상은 아니었어도 험준한 산세 때문인지 바위 밑은 깊은 낭떠러지였다. 미루는 병길과 세아의 사진을 찍어주며 더 이상은 못 올라가겠다고 말하려던 참이었다. 웃고 있던 병길이 미루에게 말했다.

"당신 독사진도 찍으면 좋겠다. 경치가 보여야 하니까 끝으로 가서 포즈를 잡아봐. 당신 먼저 찍고 세아씨도..."

"응~ 그래, 좀 위험하니까 천천히 움직일게"

미루는 조심스레 벼랑 끝으로 가서 병길과 세아를 보며 환하게 웃어 보였다.

하지만 사진을 찍겠다던 병길은 미루에게 서서히 다가왔다. 세아는 미루와 거리를 두고 산 안쪽에 서 있었다. 미루는 다소 의아한 눈으로 병길을 바라보았다.

그러자 병길은 고개를 뒤로 돌려 세아를 바라보는 듯했고, 세아는 뭔가 못마땅한 듯 고개를 가로저었다. 그 순간, 병길이 마치 딴 사람이 된 것처럼 표정을 확 바꾸며 차갑게 말했다.

"니가 부모로부터 받은 유산이랄 것도 없는 유산 때문에 내가 얼마나 힘들었는지 알기나 해! 이제 끝내자!"

미루는 순간적으로 자신의 귀를 의심했다. 그녀는 남편의 말을 잘못 들은 거라 생각했다. 미루는 갑작스런 공포감을 느끼며 병길을 쳐다봤다.

"다... 당... 당신, 갑자기 왜 이러는 거야."

병길은 참을 수 없다는 듯 소리를 질렀다.

"참을 만큼 참았다고! 이제 더는 못 참아!"

병길의 비수같이 날카로운 목소리에 짓눌린 미루는 자신도 모르게 뒤를 돌아보았다. 낭떠러지밖에 없는 절벽 위에 미루는 위태롭게 서 있었다.

"왜 그래! 무섭잖아! 당신 정말 왜 그래?"

갑자기 병길이 자신을 죽일 수도 있겠다는 공포감이 떠오르자 미루의 목소리는 사시나무 떨듯 떨렸다. 하지만 병길은 이미 미루에게 바싹 다가서 있었다.

미루는 애원하듯 말했다.

"나 사진 안 찍어도 되니까... 나 좀 붙잡아줘!"

"그래, 맞아. 사진 안 찍어도 돼"

병길의 괴기스러운 웃음이 입가에 맴 도는 순간 미루는 온 힘을 다해 병길에게 매달렸다.

"당신이 해 달라는 거, 좋아하는 것을 해주기 위해 나의 모든 것을 바쳤어. 아니 지금 이 순간에도 나는 오로지 당신만을 위해서 살아왔어. 갑자기 정말 왜 이러는 거야."

병길은 비열한 웃음을 지으며 냉소적인 말을 뱉어냈다.

"다 필요 없고, 이제는 니가 좀 없어져야겠어."

다음 순간, 미루는 필사적으로 세아를 쳐다보며 도와달라는 간절한 눈빛을 보냈다. 세아는 미루가 몸부림치는 광경을 팔짱을 낀 채 가만히 바라만 보고 있었다. 미루는 세아에게 절박한 비명을 지르듯 온 힘을 다해 말했다.

"세아야, 제발! 세아야, 나 좀 살려줘! 세아 너는 내 친동생이나 다름없잖아. 제발 나 좀 살려줘"

하지만 미루의 다급한 목소리에도 세아는 별 반응이 없었다. 그저 미루의 발버둥치는 몸짓을 재미있다는 듯이 고개를 한쪽으로 비스듬히 돌린 채 쳐다볼 뿐이었다. 그제야 미루는 세아가 자신을 경멸하듯 보고 있음을 알아챘다.

잠시 세 사람 사이에 적막이 흘렀다. 숨소리조차 들리지 않는 고요함이었다. 미루는 숨을 삼키며 어떻게든 여기서 빠져나가야 한다고 생각했다.

조금 후 못 참겠다는 듯 세아가 적막을 깨트리며 비아냥거리듯 말했다.

"니가 멍청해서 그동안 즐거웠어. 나와 병길씨는 사랑하는 사이거든. 그것도 모르고 징징거리기는! 이제 우리 곁에서 완전히 없어져야겠어. 나와 우리 병길씨 인생에서 너를 없애는 방법은 딱 하나야. 그게 뭔 줄 알아?"

"…"

"니가 죽어야 한다는 거지."

말을 마친 후 세아는 정신없이 웃어댔다. 세아의 히스테릭한 웃음소리를 검은산이 삼키고 있었고 햇살은 숨통을 조이는 듯 따갑고 집요했다.

세아의 웃는 얼굴을 바라보며 미루는 하늘을 잃어버렸다. 아무것도 보이지 않았다. 이 세상에서 가장 사랑했던 두 사람이 나를 죽이려 한다는 사실만 겨우 알아버렸다. 믿을 수 없으면서도 믿지 않을 수 없는 기막힌 일이 벌어졌다. 어쩌면 내가 저들 손에 진짜로 죽을지도 모른다고 생각하면서 미루는 필사적으로 살기 위해 손을 뻗어 벼랑 끝에서 벗어나려 했다.

　"제발 이러지마. 살려줘. 해달라는 대로 해줄게."

　병길은 미루에게 음산하게 말했다.

　"이제 너무 늦었어."

　"이혼도 해주고 재산도 다 줄게. 뭐든 해달라는 대로 다 해 줄 테니 목숨만은 살려줘"

　섬뜩한 죽음의 그림자를 느낀 미루는 살아야겠다는 일념으로 빌고 또 빌었다. 병길이 미루의 애원하는 눈빛을 보고 잠시 주춤거리자 세아가 매몰차게 말했다.

　"병길씨, 그냥 밀어버려. 벼랑 끝에서 밀어버리면 완전범죄가 되는 거야. 이미 숨도 제대로 못 쉬고 있는데 고민할 게 뭐 있어."

　벼랑 끝에 서 있는 미루는 살기 위한 희망을, 절망 같은 희망을 버릴 수 없었다. 살고 싶었다. 여기서만 벗어나면 되는 일이라고 생각하며 미루는 언뜻 벼랑 아래를 보고 말았다.

　벼랑 끝에서 아래를 본 순간, 공포심이 영혼과 몸을 장악

해버려 온 몸이 돌처럼 굳어졌다. 숨소리는 더 거칠어졌고 누군가 목을 조르는 듯 숨통이 조여 왔다. 마치 온 몸의 혈관이 일시에 모두 터져버릴 것 같았다. 벼랑 아래로 떨어지면 누구도 살아남을 수 없는 천길 낭떠러지였다. 여기서 떨어지면 그야말로 죽음이었다.

미루는 어지러움을 느끼며 제대로 몸을 가누지 못했다.

'살고 싶다. 너무나 살고 싶다. 나 어떻게든 살아야 해...'

살아야겠다는 열망으로 간신히 몸을 곧추 세우는 순간, 병길의 손이 미루의 가슴을 사납게 벼랑 아래로 밀어냈다.

"아... 악... 악... 살려줘..."
미루의 마지막 외마디 비명이 산을 울렸다.

찰나의 순간에 생과 사가 결정되었고 미루의 몸은 추락하고 있었다. 잡을 것도 의지할 것도 없었다. 그냥 떨어지고 있었다.

바람이 멎었다. 시간이 멎었다. 소리가 멎었다. 모든 것이 일순간 멈춰 버렸다. 미루는 추락하고 있다는 것을 비로소 자각했다.

속도를 잃어버렸다. 바람이 칼날이 되어 미루의 몸을 찌르고 사정없이 베어내고 있었다. 벼랑 끝으로 떨어지는 것은 공포보다 더 큰 공포였다. 처음으로 만나는 무서운 고통이었다. 처음에는 허공으로 붕 떠있는 것 같다가 빛의 속도로 아니 그보다 더 빠르게 추락했다.

미루는 떨어지면서 병길과 눈이 마주쳤다. 한 맺힌 미루의 눈은 핏빛으로 물들었다.

미루는 병길에게 말하고 있었다.

'내가 속았어. 저것들에게 철저히 배신당했어. 내가 그렇게 사랑했는데... 하필이면 내가 제일 무서워하는 방법으로 죽이다니... 나쁜 새끼. 용서하지 않을 거야. 죽어서도 너를 찾아가서 죽일 거야. 너를 위해 헌신해 온 나에게 어떻게... 어떻게...'

병길은 미루의 눈빛이 무서워졌다. 미루가 공포에 질려 한스럽게 원망하며 자신을 쳐다보는 그 눈빛은 영원으로 새겨져 자신에게 칼날이 되어 돌아올 것 같았다.

미루는 떨어지고 있었다.

살기 위해 발버둥친 보람도 없이 커다란 나뭇가지에 얼굴과 온 몸이 긁히고, 튀어나온 바위가 입을 벌린 채 미루의 살갗을 먹어치우고 있었다. 육신의 괴로움과 고통이 이보다 더 심할 수 있을까.

미루의 몸은 벼랑 끝에서 떨어져 바닥을 한참을 뒹굴다가 멈추었다. 마지막 순간까지 미루는 병길의 눈을 찾았다. 병길은 미루의 죽음을 확인해야 했기에 떨어지는 미루를 지켜보고 있었다. 세아도 긴장한 채 미루의 마지막 모습을 내려다봤다. 미루는 안간힘을 다해 눈을 뜨고 살려고 기를 썼지만 아무것도 할 수 없었다. 미루는 눈을 감고 말았다. 찰나의 시간이 잠시 멈추었다.

순간 미루는 다시 눈을 떴다.
그런데 자신도 모르게 허공 속에 선 채로 자신의 몸을 바라보고 있었다. 미루의 몸은 피를 흘리며 미동도 없이 죽은 자의 모습으로 누워있었다. 나뭇가지들은 미루의 떨어지는 몸을 받아주지 못했고 척박한 돌산은 마지막 주검의 모습을 더욱 참혹하게 했다.

'유리감옥에 갇혀 있다가 벼랑 아래로 떨어지면서 유리는 박살이 났다. 그 순간 삶의 모든 환상들이 깨져버렸다. 병길은 한 순간도 나를 사랑하지 않았구나... 나만 그 사실을 모르고 있었던 거야...'

미루의 혼은 서릿발처럼 날카로워졌다. 죽었는데도 자신은 여전히 살아있는 것만 같았다. 길고 검은 미루의 머리카락이 바람에 흩날렸다. 깊은 원한과 배신의 상처로 미루의 혼령은 자신의 시신을 깊게 들여다보며 눈물을 흘리고 있

24

었다.

'저기 처참하게 배신당한 내가 누워 있다. 죽어있는 저 여자는 내가 틀림없어. 그런데 나는 마치 살아있는 것만 같아. 어떻게 된 일일까? 내가 어떻게 허공에 서 있을 수 있을까? 내가 정말 죽기라도 한 것일까?'

미루는 살아있는 사람처럼 벼랑 위로 걸음을 옮겨 병길과 세아에게로 다가갔다. 두 사람은 조금은 흥분한 듯 웃고 있었고, 서로 깊은 포옹과 입맞춤으로 미루의 죽음을 기뻐하는 듯 보였다.

세아가 목덜미를 젖히며 웃을 때 병길은 세아를 뜨겁게 안고 기뻐했다. 하나의 생명이, 미루라는 하나의 생명체가 땅 위에 떨어졌고 처참하게 죽어갔다. 병길은 세아와 함께 미루를 죽이기 위해, 지금 이 순간을 위해 여러 가지로 고심했었다.

세아는 자신이 다녀온 산은 사람이 없는 곳이라며 더운 여름이 가장 좋은 시기라고 구체적인 살인계획을 마련했었다. 그런데 그 계획이 완벽하게 실현된 것이다. 세아는 흥분했고 미루를 치워버렸다는 기쁨으로 온몸이 뜨거워졌다. 세아는 목덜미를 빳빳하게 세우며 병길을 바라보았다.

그런데 그 순간, 세아와 함께 미루의 죽음을 기뻐하던 병길의 손이 떨리기 시작했다. 입술마저 가느다란 경련이 일어났다.

병길은 왠지 모를 두려움과 공포를 느꼈다. 그토록 고대하던 일이 실현되었지만, 벼랑 아래 누워 있는 미루의 시신이 벌떡 일어나 자신을 노려보는 느낌이 들었다. 서늘한 공포감이 병길의 몸 안으로 스며들었다. 병길은 두려움을 삭히기 위해 스스로 마음을 다 잡았다.

'시신이 저 아래 있다. 절대 살 수 없는 높이다. 미루는 죽었다.'

이제 병길은 살인자였다. 그것도 자신의 아내를 죽였다. 순식간에 모든 일이 일어났다. 미루를 죽이기 위해 살았던 지난 1년이 이제 끝을 맺었다. 병길은 가만히 자신의 손을 들여다보았다.

'이 손으로 내 아내였던 여자를 죽인거야... 내가 미루를 죽였어.'

죽어가는 마지막 순간까지 병길의 눈을 사무친 원한으로 보고 있던 미루의 눈... 병길은 순간 온 몸에 칼날이 박히는 듯 괴로웠다.
'내가 무슨 짓을 한 걸까.'

미루와 결혼하던 날, 아름다운 웨딩드레스를 입은 미루의 모습이 스쳐 지나갔다. 하얀 웨딩드레스는 병길의 손에 의해 핏빛으로 물들었고 창백한 얼굴을 한 미루는 원한 맺힌 얼굴로 병길을 향해 다가오고 있었다.

병길은 순간 고개를 세차게 흔들며 스쳐 지나가는 영상들을 지우려 했다. 그렇지만 숨이 멎는 듯 고통스러웠으며, 미루가 다시 살아날지도 모른다는 괴기스러운 공포가 엄습했다. 순식간에 식은땀을 빗물 떨구듯 흘리며 병길의 얼굴은 젖어있었다.

병길은 공포라는 축축하고 사나운 괴물이 자신을 집어삼킬지도 모른다고 생각했다. 순간 병길의 눈빛은 초점이 흐려졌지만 세아가 부르는 소리에 깜짝 놀라서 고개를 들었다.

병길은 다시 한 번 세아의 요염한 얼굴을 보면서 자신을 다그치고 있었다.

'한 번뿐인 인생에서 즐기고 싶은 것들을 즐기고 산다는 것이 뭐가 문제인가. 나는 이제 세아와 새롭고 달콤한 인생을 살 수 있게 된 거야. 죄책감을 가질 필요는 없어. 한 번뿐인 인생, 나도 화려하게 살고 싶으니까.'

공포와 두려움이 병길의 얼굴을 스치고 지나간 것을 본 세아는 냉담했다. 세아는 송곳같이 차갑게 병길의 등 뒤에서 따갑게 말했다.

"병길씨, 빨리 119에 전화해요. 미루언니가 등산을 하다가 그만 벼랑에서 떨어졌다고! 우린 완벽해요."

세아의 말에 정신이 번쩍 든 병길은 119에 전화를 걸어 비통하고 황급한 목소리로 미루가 발을 헛디뎌 실족했다고, 부인을 살려달라고 흐느끼며 말했다. 병길도 자신이 미루를 죽였다는 사실이 믿어지지 않을 만큼 능란하게 연기를 하고 있었고 스스로도 자신의 목소리에 놀랄 정도였다.

옆에서 세아가 그런 병길의 모습을 뿌듯하게 보고 있었다. 세아는 이상하리만큼 미루의 모든 것을 가지고 싶었다. 자신보다 예쁘지도 똑똑하지도 않은 미루의 곁에는 늘 사람들이 많았다. 모두가 미루를 만나면 마음이 편안해졌고 자존감이 살아났으며 해맑게 웃을 수 있었다. 미루가 병길과 결혼한 후 미소를 잃어갔어도 사람들은 여전히 미루를 사랑했다. 그 사랑이 세아는 불편하고 싫었다.

세아는 미루만 보면 늘 마음이 편치 않았고 미루의 모든 것을 빼앗고 싶은 마음뿐이었다. 이제 세아는 병길과 공모해 결국은 미루의 목숨까지 빼앗았다. 미루는 다시 돌아올 수 없었다. 죽었으니까.

시간이 얼마쯤 흘렀을까. 119대원들이 미루의 시신을 향해 다가오고 있었다. 병길과 세아는 미루가 떨어진 장소에서 미루의 시신을 내려다보고 있었고 구조대원들은 미루의 시신이 있는 곳에 도착했다. 병길과 세아는 구조대원들이 들을 수 있도록 미루의 시신을 향해 일부러 큰 소리로 울부짖고 통곡했다. 미루의 죽음을 확인한 구조대원들은 미루의 시신을 살펴보고 있었다.

미루는 떨어지면서 심하게 다쳐 목이며 얼굴이 성치 않았다. 119대원들이 미루의 시신을 들것에 옮기는 순간 갑자기 하늘이 흐려지더니 비가 억수같이 쏟아 붓기 시작했다. 천둥이 산 전체를 뒤흔들어 놓더니 이윽고 번개가 내리쳤다. 갑자기 세아의 얼굴에서도 공포가 스쳐 지나갔다. 하늘이 내리는 천벌로 번개를 맞아 죽을 수도 있겠다는 생각이 세아의 뇌리를 지나치는 순간, 세아는 하얗게 얼굴이 질려 부들부들 떨기 시작했다.

잠시 후 비가 거짓말처럼 그치고 다시 태양이 산마루를 비추고 있었다. 잔인하게 훼손된 미루의 시신은 그렇게 북망산처럼 깊고 깊은 산속을 떠나 병원 영안실로 가고 있었다. 미루는 자신도 모르게 영안실로 가고 있는 자신의 몸을 따라갔다.

나와 내 몸이 분리되어 있다니... 미루는 이런 상황이 이해가 되지 않았다. 모든 일이 부지불식간에 이루어졌고 결국 자신의 몸은 구급차에 실려 병원으로 가고 있었다. 이미 사망이 확인된 상태였다. 미루는 구급차에 실린 자신의 시신 옆에 앉아 있는 스스로를 발견했다. 황당하고 정신이 아득했다. 상상도 해보지 못한 일, 내가 죽었다는 사실이 미루에게 다가오고 있었다.

미루는 자신의 얼굴을 내려다보고 있었다. 얼굴 여기저기가 상처 입고 찢어지고 멍들고 피를 흘리고 있었다. 미루가 입은 옷은 핏물로 붉게 물 들었고 팔이 꺾였는지 시신이 누워있는 모습조차 처참했다. 미루는 그런 자신의 몸을 바라보며 하염없이 눈물을 흘렸다.

이건 내가 생각한 죽음이 아니야. 난 평화롭고 아름답게 죽고 싶었어...

미루는 꼼짝 않고 누워 있는 미루의 몸을 마구 흔들며 통곡했다.

"제발 일어나! 제발 부탁이야. 일어나!! 이대로 죽을 수는 없어..."

그렇지만 미루의 시신은 움직이지 않았다. 미루는 울고 또 울었다. 통곡 소리가 너무나 사무쳐서 차마 들을 수 없을 만큼 아프고 아팠다. 뼈가 부서지고 심장이 갈라지는 듯 처절했다. 그러나 아무도 미루의 통곡 소리를 듣지 못했다.

미루의 모습을 알아보는 사람도 없었다. 허공 속에서 장기가 끊어지듯 애절하게 울었지만, 모든 소리가 허무하게 흩어졌다.

미루는 한참이 지나서야 겨우 아무도 자신을 보는 사람이 없으며 119대원들에게 아무리 크게 소리를 질러도 그들은 도무지 알아듣지 못한다는 사실을 깨달았다. 미루의 몸은 흔들어도 흔들리지 않았고 오직 자신만이 구급차 안에서 안절부절 할 뿐이었다.

미루는 119대원에게 간절하게 눈물을 흘리며 말했다.

"저 좀 살려주세요. 저 정말 착하게 살았어요. 그리고 할 일도 많아요. 이렇게 갈 수는 없어요."

그렇지만 그 누구도 미루의 말을 듣지 못했다. 들려오는 대답도 없었다. 죽었다는 사실은 받아들일 수 없었지만, 더 이상 살아있지 않다는 사실만은 분명해 보였다.

언젠가 죽는다는 것은 알고 있었지만, 한 번도 진지하게 생각해보지 못한 일, 바로 나의 죽음... 그 일이 일어난 것이 었다.

그러나 무엇보다도 자신이 살해당했다는 분노가 미루를 부여잡고 있었다.

미루의 나이 34살, 뜨거운 여름이었다.

미루에게 사랑하는 사람이 생겼다고 한다
내 사랑이 집착이 아니고 진정한 사랑이기 위해서
미루를 떠나보낸다
그렇지만 여전히 미루는 아름답게
내 안에 꽃 피어 있다
부디 그녀가 행복하기를...

-도해가 남긴 일기장에서

소멸

미루의 시신은 장례사가 정성을 다해 깨끗하게 닦아내고 있었다. 훼손된 시신은 어느덧 마르고 뻣뻣한 수의로 입혀졌다. 자신의 시신을 염하는 모습을 보며 미루는 장의사에게 다가가 애원하듯 말했다.

"병원으로 옮겨주세요. 살아있는지도 모르잖아요. 제발 한 번만 더 확인해보라고요!"

"…"

미루의 애타는 절규에도 아랑곳없이 장의사는 차분하게 미루의 다친 곳을 어루만질 뿐이었다. 핏자국을 정성껏 닦아내고 찢기거나 패인 상처들은 최선을 다해 화장품으로 꼼꼼히 다듬어 주려 애쓰고 있었다. 피투성이였던 미루의 길고 검은 머리카락도 깨끗하게 씻기고 빗질로 단정해졌다.

미루는 문상객을 맞이하고 있는 병길에게 갔다. 병길은

고개를 푹 숙인 채 눈물을 간혹 떨구며 문상객들과 절을 하고 차분하지만 슬픔 어린 얼굴로 서 있었다. 미루는 병길에게 달려들었다. 병길의 목줄을 잡고 흔들고 때리고 얼굴을 할퀴었다.

그렇지만 허공으로 손이 허무하게 저어질 뿐 병길은 아무렇지도 않았다. 한 시간도 넘게 병길을 원망스럽게 사나운 얼굴로 쳐다보며 허공 속에서 몸부림쳤다. 이렇게라도 하지 않고서는 견딜 수가 없었다.

미루는 병길에게 소리를 지르며 그의 머리채를 잡고 흔들었다.

"나쁜 놈, 개자식 이렇게 나를 죽이다니! 니가 어떻게 나한테 이럴 수 있어. 내가 어떻게 살았는데!"

"…"

미루는 절박한 마음으로 다시 살아야겠다고 생각했다. 이렇게 억울하게 죽을 수는 없었다. 무덤에 묻히는 일만은 막아야 했다. 어쩌면 미루의 몸은 뜨거운 불구덩이 속에 들어가 한 줌 재로 변할지도 모를 일이었다. 자신의 몸을 되찾아야 했다. 미루의 눈은 세아를 보고 있었다. 세아는 영안실 옆 작은 방으로 들어가서 화장품을 꺼내 들고 거울을 보며 얼굴을 매만지고 있었다.

"미루가 죽었으니 이제 내 세상이야."

세아는 혼자서 한참을 좋아서 견딜 수 없다는 듯이 웃었다. 그러면서 얼굴에 희고 고운 파우더를 덧발랐다. 파우더

분말이 세아의 얼굴을 더욱 화사하고 세련되게 해주었다.

세아는 혼잣말로 또 다시 중얼거렸다.

"내가 좀 초췌하고 그러면서도 예뻐야 하니까 화장을 한 듯, 안 한 듯 잘해야지. 미루 언니가 없어지니까 이렇게 시원한 것을. 진작 없애 버릴 걸"

그러더니 또 다시 웃으며 말했다.

"미루언니, 고마워. 니 재산으로 내가 호사스럽게 살 거니까. 게다가 니가 잘 죽어줘서 보험금도 많이 나오거든"

미루는 세아에게 달려들어 목을 조였다. 할퀴고 발로 차며 울부짖었다.

'그렇게 믿었는데 이럴 수는 없어. 니가 나한테 이럴 수는...'

어느새 미루는 지쳐가고 있었다. 하루 종일 병길과 세아에게 덤벼들고 때리고 소리를 질렀지만 아무도 듣지 못한다는 것을 알게 되었다. 자신은 죽었고 저들은 살아있다는 것을 받아들여야 하는 것일까.

미루는 힘없이, 모든 것을 포기한 모습으로 자신의 시신 앞에 다시 서 있었다. 외롭고 작은 미루의 시신은 수의를 입고 평화롭게 누워있었다. 죽은 자의 허무함이 깊이 배어 있는 듯 아무 고통도 없어 보였다.

미루는 가만히 누워있는 자신의 시신에게 슬프게 말을 걸었다.

"왜 이리 다친 곳이 많은 거야. 미루, 너의 장례식은 마치 저 사람들의 축제 같아. 저 사람들은 너처럼 죽을 거라 절대 생각 못하지. 나도 좀 더 일찍 죽음이 무엇인지 생각해 봤더라면 인생을 좀 더 진실되게 살았을 거야. 삶이라는 블랙홀에서 잠시 빠져나와서 삶을 응시하고 삶의 빈곳을 잘 채우며 행복했을 거야. 내 잘못이야. 너에게 미안해."

미루의 한숨소리가 장례식장에 떠돌았다.

"왜 나는 정답을 정해 놓고 정답에 맞춰서 사느라 내 진짜 인생을 한 번도 제대로 보지 못했던 것일까. 왜 나는 들으려고도 보려고도 하지 않았던 걸까? 잘못 살아온 나를 용서해줘."

미루는 자신의 몸을 바라보며 배신감과 억울함으로 울고 또 울었다. 애통하고 원통했다. 비탄에 잠겨 길고 길게 뱀처럼 바닥에 드러누워 똬리를 틀며 통곡했다가 다시 일어나서 천장을 바라보고 꺼이꺼이 울었다. 울부짖는 미루의 목소리는 허공 속으로 잠겼고 허공은 미루의 몸부림을 가만히 지켜보고 있었다.

미루의 울음소리는 점점 더 커져갔고 두 손으로 허공을 애타게 저으며 살려달라고 빌고 빌었다.

그러다 갑자기 정신이 돌아온 듯 미루는 집으로 가야겠다고 생각했다. 집을 생각하고 발걸음을 한 발자국 옮겼을 뿐인데 이미 자신은 집안에 서 있었다. 미루는 병길과 결혼하고 나서 집을 가꾸고 꾸미는데 무척이나 애를 썼다. 내 집이었고 내가 오래오래 살거라고 생각했던 보금자리였다.

미루의 집은 따뜻한 색상으로 아름답게 꾸며져 있었고 그림을 좋아했기에 자주 가는 인사동 화랑에서 산 작품을 걸어놓았다. 주방에는 아름다운 수선화 그림이 걸려 있었고, 거실 한 가운데는 푸른 바다가 넘실거리는 그림이 무심히 자리했다. 예전에는 그렇게 시원하게 보이던 바다 그림이 이제는 깊고 어두운 심해처럼 무섭게 느껴졌다.

미루는 천천히 집안 서재로 들어갔다.

책상 위에는 읽다가 놓아둔 책이 열려진 상태로 주인을 기다리고 있었다. 그녀가 좋아하는 오래된 만년필이 낡은 책 위에 쓸쓸하게 올려 져 있고 책상 안쪽에는 화려하게 포장된 선물꾸러미가 있었다. 남편 병길을 위해서 새로 산 와이셔츠를 등산 다녀와서 보여주려고 놓아둔 것이었다. 미루는 백화점에서 남편의 옷을 고르며 행복했었다. 미루는 병길을 위해 준비한 선물을 원한 맺힌 눈으로 한참이나 들여다보았다.

'이 모든 것이 얼마나 허망한 일이었나...'

미루는 내 것이라고 생각했던 남편도 이 집도 어느 것 하나, 내 것이 없었다는 것을 비로소 느끼고 있었다. 미루는 굵은 눈물을 소리 없이 떨구었다.

'무엇을 위해서 살았을까. 왜 내가 이리 되었을까. 이렇게

처참하게 살해당하고 이렇게 처참하게 무너졌을까.'

온몸이 찢겨나간 듯 아파왔고, 피 흘리는 자신의 마음이 가엽게만 느껴졌다. 열심히 살았다고 생각했던 수많은 시간들이 덧없이 지나갔다. 왜 그랬을까? 이유도 모르고 그렇게 내달렸던 세월이 너무나 황망했다.

'흙속에 묻히거나 화장으로 태워지면 다시 못 볼 테니까... 나는 마지막으로 나의 모습을 보고 싶어. 가여운 나, 미루의 모습을...'

미루는 영안실로 다시 돌아와서 영안실 입구에 놓여진 간이 의자에 털썩 주저앉았다. 이제 정말 희망이 없다고 생각했다. 절망 같은 희망이라도 붙잡고 싶었지만 다시 육체를 가지고 살아날 가능성은 없다는 생각이 들었다. 그러자 또다시 눈물이 떨어지기 시작했다.

얼마나 울었을까? 미루는 하염없이 눈물을 흘리다 말고 갑자기 이상한 기운을 느꼈다. 누군가 자신을 쳐다보고 있는 것만 같았다. 이상하게도 오랫동안 익숙한 눈빛 같았다. 몸부림치고 소리를 질러대도 아무도 듣지도 보지도 못하는데 이상한 착각일거라 생각하고 미루는 힘없이 고개를 천천히 들었다. 미루의 눈빛은 이미 모든 기대와 희망을 잃어버린 상태였다. 그녀의 눈은 비를 흠뻑 맞은 작은 새처럼 애달픔으로 가득했다.

미루는 복도 끝에서 자신을 향해 걸어오는 어떤 남자를 보고 있었다. 잠시 후 남자가 점점 더 가까이 다가왔고, 그 남자의 얼굴을 확인한 순간 자신도 모르게 너무 놀라서 외마디 탄성을 지르고 말았다.

"도해야, 니... 니가 어떻게 여기에..."

그 사람은 다름 아닌 도해였다. 도해는 고등학교와 대학을 함께 다닌 가장 가까운 친구였다. 죽은 줄 알았던 도해가 환하게 웃고 있었다. 불현듯 도해의 장례식이 어제의 일처럼 스쳐 지나갔다. 마치 현실처럼 너무나 생생하게 떠오른 기억이었다.

따뜻한 봄날이었다. 종수에게서 도해가 죽었다는 부고 문자가 날아왔다. 미루는 전날 밤에도 도해에게 전화를 걸어 이런저런 회사 고민을 나누었고 시간이 하루도 지나지 않았었다. 부고문자를 보고 처음에는 가슴이 철렁 내려앉았지만 지나친 장난질이고 터무니없는 문자라고 생각했다.
너무 화가 나서 종수에게 전화를 걸려고 했지만 아무것도 할 수가 없었다. 몸 속 기운이 다 빠져나간 듯 맥이 빠지고, 정신이 혼미해졌기 때문이었다. 그 때 마침 종수에게 전화가 왔다.

핸드폰 너머로 종수의 비통한 목소리가 들려왔다. 눈물 섞인 말투는 평소의 종수답지 않게 더듬거렸다.

"미... 미루야... 도... 도해가 교통사고로 사망했다. 나는 이미 영안실에 와 있어. 장례식장 주소를 보냈으니 빨리 와라."

말을 마치자 핸드폰은 끊어졌다.

그 순간, 빛이 사라졌고 암흑 속에 미루만 홀로 서 있었다. 분명히 종수의 목소리였지만, 도무지 믿기지 않았다. 미루를 둘러싼 모든 것들이 의미 없이 빙빙 소용돌이치며 거칠게 돌아갔다. 어지러웠다.

"정신을... 정신을... 차려야... 해... 이렇게 도... 도해를 보낼 수 없어..."

미루가 숨을 쉴 때 마다 어둠과 공포가 입안으로 들어왔고 숨을 뱉을 때마다 행복과 기쁨이 사그라들며 귀가 멍멍해졌다.

미루는 택시를 잡아타고 영안실에 도착했다. 도해의 장례식 호실을 찾았고 도해의 이름을 확인한 순간 다시 다리에 힘이 풀려서 눈에 보이는 대로 의자에 털썩 주저앉았다.

그 전까지 미루는 도해가 자신에게 어떤 존재인지 제대로 알지 못했다. 미루는 도해의 장례식에서 몸을 가누지 못하고 절망하며 울었다. 긴 흐느낌은 비탄이 되고 눈물이 되고 통곡이 되었다. 그 뒤로도 한동안 미루는 정신을 차리지 못했다. 도해가 떠나가고 나서야 도해의 소중함을 알게 되었다.

남편 병길은 아침에 나가면 일이 바쁘다며, 자주 새벽에 귀가했기에 미루의 깊은 슬픔을 눈치 채지 못했다. 미루는 슬픔을 들키고 싶지 않았다. 그렇게 세월은 빠르게 흘러갔고 상실의 아픔은 미루의 가슴속 깊은 곳에서 떠돌았다.

　그런데 이렇게 도해가 다시 나타났다. 예전 모습 그대로인지 확인이라도 하려는 듯 미루는 도해를 유심히 보고 있었다. 맑고 경쾌한 눈빛, 둥글고 강인해 보이는 턱선, 지적이고 따뜻해 보이는 온기, 가끔은 오만해 보이는 까칠함까지 도해 그대로가 느껴졌다. 도해에게 늘 드리워졌던 슬픈 그림자가 어쩐지 지워지고 환하고 밝은 모습의 도해가 서 있었다.
　미루는 순간, 마음 깊이 안도의 한숨을 쉬었다. '진짜 죽으라는 법은 없는 건가?' 이렇게 도해가 나타났으니 이제 더 이상 혼자가 아니라고 생각했다. 그녀는 눈물이 그렁그렁 차오르며 도해의 이름을 떨리는 목소리로 나직이 불렀다. 도해를 부르며 천천히 일어나는 미루의 입술은 떨리고 있었다.

　"도해야... 너... 진짜... 도해 맞지?"
　"..."
　도해는 검은 슈트를 단정하게 입고, 검고 깊은 바다색 머리카락은 빗질로 단정히 넘겨져 있었다. 또렷하고 총명했던 도해의 눈매는 여전히 매의 눈매를 닮았으며 단정하게 솟아있던 콧날은 지적인 풍모를 지니고 있었다. 미루는 동상이 된 듯 움직일 수가 없었다. 너무 놀라서 숨도 쉴 수 없었다. 이윽고 도해의 두 팔이 따뜻하고 포근하게 미루를 감싸 안았다. 그리고는 미루를 안은 채로 죽은 사람의 음성이라고는 생각할 수 없는 생생하고 생기있는 목소리로 말했다.

"그래, 미루야. 나 도해야."

미루는 도해의 목소리를 확인하고 두 팔로 도해를 힘껏 끌어안았다. 갑자기 모든 두려움이 사라지는 순간이었다. 도해는 다정한 목소리로 말했다.

"이제 우리, 다시 만났네. 기다리고 있었는데 생각보다 미루가 빨리 왔구나."

"도해야. 내가 보이니? 날 알아보는 거야?"

도해는 웃으며 미루의 얼굴을 살펴보더니 안심한 듯 다정하게 대답했다.

"당연히 나의 오랜 친구 미루가 보이지."

"아~ 이런 일이. 나 혼자 울고불고 난리치고 있었는데."

"…"

이렇게 옛 친구가 왔으니 정말 다행이 아닐 수 없었다. 죽기 전에도 도해는 늘 따뜻하게 미루와 함께 했었다. 그런데 도해는 분명히 죽었는데 어떻게 이렇게 여전히 멋진 모습으로 다시 나타났을까?

"도해야, 너 교통사고로 죽은 거 아니었어. 너의 장례식도 다녀왔고... 어떻게 된 일이야."

"..."

도해는 자신의 격한 감정을 숨기고 싶을 때 했던 오래된 습관처럼 아무렇지도 않은 듯 미소를 띤 채 미루를 보고 있었다.

"분명히 넌 죽었는데? 도대체 무슨 일이지?"

"난 죽었었지. 그렇지만 나는 다시 너를 만나러 왔어. 죽음이 끝이 아니니까. 많은 사람들이 죽으면 끝이라고 생각하지만."

미루는 궁금한 것이 너무 많았고 혼란스러웠다. 도해는 미루의 마음을 알고 있는 듯 부드러운 음성으로 말했다.

"미루야. 나는 네가 좀 더 행복하게 오래 살다가 다시 만나기를 바랐는데..."

도해의 말에 미루는 또 다시 왈칵 울음을 쏟아냈다. 미루는 쏟아지는 눈물이 부끄러워 손등으로 재빨리 눈물을 훔치며 말했다.

"그동안 어떻게 지냈어. 우리가 이렇게 다시 만나게 되다니 정말 신기한 일이야. 도해 니가 이렇게 나를 만나러 와 줬구나."

"..."

"고.. 마... 워..."

도해를 만난 일이 너무나 큰 기쁨이기도 했지만 자신의 죽음이 다시 확인되는 순간이기도 했다.

"도해야. 내 남편이 나를 살해했어. 세아와 둘이서... 세 아 기억하지? 나랑 같이 다니던 세아."

"그래, 그래..."

"너도 내 결혼식에 왔었잖아. 그 인간이 내 재산과 보험 금을 노리고 나를 죽인 거야. 난 살아있는 동안 철저하게 이용당하면서도 그 인간의 비위를 맞추며 살았어. 죽고 나 서야 알았지만 그건 사랑이 아니었어. 그런데도 난 남편을 사랑한다고 믿고 있었고 그냥 내가 믿고 싶은 데로 믿은 거 지. 남편이 내게 무리한 요구를 할 때마다 내가 어떻게 했 는지 알아?"

" ... "

"황당하게도 내가 부족해서 미안했고 내 잘못이라도 있 는 것처럼 마구 나를 몰아세웠어. 내가 노력하면 되는 일인 줄 알았는데... 세상에는 노력해서 되는 일이 있고, 안 되는 일이 있다는 것을 몰랐지. 난 인생에서 실패했고 살해당했 어. 그것도 남편이란 인간에게"

도해는 미루를 위로했지만 미루의 하소연은 또 다시 이어 졌다.

"제일 억울한 게 뭔 줄 아니? 진짜 내가 누구를 사랑하는 지 제대로 살필 겨를도 없이, 외로움에 등 떠밀려 잔혹하 게 나를 파멸의 길로 이끈 사람이 바로 나, 미루라는 사실이야. 벼랑 끝으로 나를 몰고 가서 곤두박질치듯 인생을 생각 없이 달려온 거지. 나는 지금 잘못 살아온 대가를 치르고 있는 거야. 그러니 어쩌면 내 파탄난 운명, 살해당하고 저주받은 인생은 내가 만든 것이니 원망을 해도 나에게 먼저 해야겠지.”

도해의 얼굴에 잠시 슬픔이 지나갔다. 그렇지만 예전처럼 깊고 정감 있는 미소로 말했다.

“미루야, 내가 용감했더라면, 너에게 좀 더 솔직했더라면... 우리는 헤어지지 않았을 거고 너의 죽음이 이렇게 참담하지는 않았을 텐데. 정말 미안하다. 내 잘못이야.”

그 순간 몸을 가눌 수 없을 만큼 고통이 거센 파도처럼 가슴을 치고 지나갔다. 지난 세월의 한과 억울함이 커다란 바위처럼 자신을 짓누르기 시작했고, 아름답다고 자부했던 인생이 처참하게 무너져 미루의 심장을 도려내고 있었다.

죽고 나서야, 죽은 도해가 자신 앞에 나타나서야 미루는 자신이 얼마나 어리석었는지를 알았다. 이제야 도해가 자신의 진정한 사랑이었다는 것을 알게 되었지만 이미 서로 죽은 몸이기에 돌이킬 수 없는 것이었다.

미루는 독백처럼 마음속으로 말하고 있었다.

‘이제 와서, 이렇게 죽고 나서야 내가 진심으로 사랑했던 사람은 도해 너였다고 말한다면 얼마나 염치없는 일이겠어. 도해야... 너무 미안해...’

미루의 마음은 이미 거센 빗줄기가 한차례 지나가고 있었다. 도해는 미루를 찬찬히 쳐다보았다가 흐트러진 미루의 긴 머리카락을 다정하게 쓸어 올렸다. 미루는 도해에게 한숨을 쉬며 말했다.

"도해야, 난 살고 싶어. 내가 내 잘못을 모르는 것은 아니지만 이대로 죽음을 받아들일 수는 없어. 아직 내 몸도 저기 있거든. 너는 내가 어떻게 살 수 있는지 알고 있을 거야. 나를 살려줘. 내가 저것들에게 복수하고 죽을 수 있게. 이렇게 한스럽게 죽고 싶지 않아. 내 인생이 너무 억울해."

그러나 도해는 미루를 가만히 안아 줄 뿐이었다. 미루는 도해의 품에 안겨서 작은 목소리로 떨면서 말했다.

"나 너무 억울해. 너도 알겠지만 나, 정말 열심히 살았고 사람들에게 착하게 살았잖아. 제발 좀 구해줘!"

도해는 미루의 어깨를 두 손으로 다정하게 잡고 말했다.

"미루야. 죽음을 받아들여야 해. 넌 이미 죽었어."

미루는 한동안 또 다시 몸부림쳤고 도해의 품 안에서 꺼이꺼이 울었다. 미루의 울음소리는 음습한 원한으로 가득했다. 도저히 빠져나올 수 없는 깊은 늪에 빠진 사람의 허우적거리는 손짓이고 발짓이었다. 이제는 모든 것을 포기하고 늪 속으로 깊이 빠져 들어가며, 세상과 작별하는 거칠고 냉기 서린 피울음이었다. 그 처절함이 도해의 가슴을 파고들었다.

도해는 미루에게 차분한 어조로 말했다.

"미루야. 괴롭던 마지막 죽음의 순간이 너를 원한으로 사무치게 하고 있지만 잘 생각해봐. 미루, 너에게는 금빛으로 빛나는 순간들이 많았잖아. 우리가 같이 대학을 다닐 때 우리가 꿈꾸었던 세상이며, 캠퍼스에서 꽃들이 피고 질 때 미루가 꽃처럼 웃던 순간들이 미루가 살았던 진정한 세상이었던 거야. 진창 속에서 허우적거릴 때도 고약한 악취에서 빠져나오려 기를 쓸 때도 미루 너에게는 잃어버리지 않았던 네 마음의 보석이 있었으니까. 잃어버린 줄 알았겠지만 미루 너는 살면서 그 맑고 아름다운 보석같은 마음을 절대로 잃지 않았어. 그래서 우리가 다시 만날 수 있게 된 거야.”

도해는 미루의 마음을 어루만져주었고 미루는 서서히 자신의 죽음을 받아들이기 시작했다.

미루는 도해의 얼음처럼 차가운 뺨 위에 손을 가만히 대고 말했다.

“내가 어리석었어. 내가 사람의 마음을 헤아릴 줄도 기다릴 줄도 몰랐던 거지. 그런 나의 어리석음으로 저런 개자식에게 죽음을 당한 거야.”

돌이켜보건대 달콤하고 현란했던 병길에게 마음을 빼앗겼었다. 과연 제 정신으로 산 적이 있었던가. 자신의 진정한 사랑인 도해를 늘 외면하고 구박하며 살았던 세월들이 스치듯 지나갔다.

도해는 미루의 손을 잡고 미소 지으며 말했다.

“장례식은 보고 가야지. 장례식에 온 사람들, 오지 못한 이승 사람들과도 이별해야지. 그리고 우리는 우리의 길을 가야해."

미루는 고개를 끄덕였다. 두 사람은 어느덧 미루의 장례식장에 서 있었다. 미루의 장례식은 차분하게 진행되고 있었다. 친척들, 같이 일했던 직원들, 학교 친구들과 선후배들 모두가 미루의 죽음을 믿을 수 없어 했다.

모두들 서른 네 살의 젊디 젊은 나이에 세상을 떠난 미루의 죽음이 있을 수 없는 일이라며 한 송이 국화꽃을 올렸다. 미루의 착한 심성과 따뜻했던 마음을 그리워하는 사람들이 마지막 인사를 나누려 장례식장으로 찾아왔고 미루도 그들에게 마지막 인사를 나누고 있었다.

단짝 같던 친구 종수와 미애도 나란히 찾아왔다. 두 사람은 미루에게 절을 올리고 병길에게도 절을 한 다음 장례식장 구석에 마주 앉아 소주잔을 기울였다.

미애가 어깨를 들썩이며 울기 시작하자 종수가 미애에게 말을 건넸다.

"가장 가까웠던 친구를 둘이나 잃고 말았어. 미루는 도해를 만났을까."

"두 사람은 워낙 가까웠으니까 만났을 거야. 아니, 만났으면 좋겠어."

"미루는 누구보다 당당했고 후회 없이 살려 했는데... 게다가 병길씨에게 헌신적이었지. 그런 미루가 이렇게 참담하게 죽었다니 믿을 수가 없어. 그런데 난 도무지 이해할 수 없는 일이 있어."

미애는 그제서야 고개를 들고 이상하다는 듯 종수를 쳐다봤다. 종수는 소주잔에 눈길을 돌리며 나직이 혼잣말을 하듯 중얼거렸다.

"미루가 왜 병길씨에게는 주눅들고 눈치까지 보고 살았는지 지금도 이해가 안 돼. 미루는 그런 일 없다고 하지만 내가 미루를 잘 알잖아."

"난 미루가 행복한 줄만 알았는데..."

두 사람은 장례식장에서 밤을 지새웠다. 울고 있는 사촌동생도 자리를 떠나지 않았다. 같은 아파트에 살던 사람 좋은 경미씨도 보였다. 경미씨는 귀여운 딸을 키우며 남편과 셋이 살았는데 늘 다정한 이웃이었다. 일요일에 쉬고 있는 미루에게 방금 만든 따뜻한 음식을 건네주고는 얼른 가버리기도 했다. 소중한 휴일을 방해하지 않으려는 경미씨의 착한 마음이었다. 경미씨는 남편과 함께 장례식 일도 거들어 주며 계속 머물러 있었다.

내가 살면서 저렇게 많은 사람들과 알고 지냈던가를 의심할 정도로 수많은 사람들이 미루의 장례식에 찾아왔다. 살아 있을 때 원색을 좋아했던 미루는 자신의 장례식에 들어오는 사람들의 검은색 옷이 검은 춤을 추듯 너울거리는 것을 멍하게 바라봤다. 문상하는 사람들이 서럽게 울거나 애석해할 때 미루는 그 사람 옆에 쪼그리고 가만히 앉아 있었다.

그래, 내가 정말 죽은 거야…

영안실에 찾아온 사람들은 일찍 아내를 잃은 병길을 안타까워하며 위로했다. 접객실에는 세아가 소복을 입고 마치 친여동생이라도 되는 듯 활개를 치고 있었다. 부모님이 일찍 돌아가시고 외동딸이었던 미루는 사촌들과 다정하게 지냈다. 영안실 입구에 고모의 모습이 보였다. 늘 잔인하게 엄마를 대했던 고모는 현대 의학의 도움으로 깊게 파인 주름을 제거해서인지 20년은 젊어 보였다. 칠십이 넘은 나이지만 여전히 50대의 젊음을 유지하고 있었고 조카의 장례식에서도 붉은색 손톱이 도드라지게 반짝였다. 국화 한송이를 미루의 영정위에 올린 고모는 흘러내리는 머리를 붉은 손톱으로 쓸어 올리고 눈을 끔쩍거리며 울었다.

"아이고 미루야. 니가 이렇게 가다니! 미루야! 미루야!"

고모는 수시로 엄마에게 화를 냈다. 신경질적으로 짜증을 내서 아픈 엄마의 명을 재촉하곤 했다. 화를 내다가 지치면 돈 자랑을 했다. 미루의 부모님도 많은 재산을 이루었지만, 고모와 함께 있는 아버지와 엄마의 모습은 한없이 초라했다. 고모는 오늘도 명품핸드백을 흔들며 자신 안에 있는 잔인함을 숨긴 채 눈물을 흘리며 미루에게 작별 인사를 남겼다. 이렇게 와 준 것도 신기한 일이었다.

돈 많고 사치스러운 고모는 자신을 제외한 남들에게는 너무나 인색한 사람이었다. 종종 그 소름 돋는 인색함에 현기증이 날 정도였다. 머리가 나쁜 사람이었지만 남을 부려

먹거나 이용할 때는 특유의 잔머리가 발동해서 아주 교묘하게 사람을 괴롭혔다. 내 고모라는 것이 믿기지 않을 만큼 잔인한 사람이었다. 그런 고모는 병길과 죽이 잘 맞았다. 병길이 고모를 안내해서 식사하는 곳으로 가서 마주 앉았다. 고모는 손수건을 꺼내서 약간의 눈물을 보이며 훌쩍거렸다.

"우리 미루가 얼마나 귀하게 자랐는데 이렇게 허망하게 세상을 떠나다니. 이런 일이, 세상에 이런 일이 어떻게 있을 수가 있겠어. 그러니 내가 물 조심, 차 조심, 사람 조심 늘 조심조심하라 했는데... 아이고, 아이고, 불쌍해서 어쩌나."

미루는 고모 옆에 앉아서 고모의 말을 들으며 고모에게 한마디 했다.

"고모, 그래도 나의 사랑하는 아빠의 누나시니까. 내가 마지막으로 한 마디 할게요. 고모는 자신이 남을 잘 이용해서 잘 먹고 잘 산다고 생각하겠지만 아니에요. 고모도 나처럼 죽게 될 거고 고모처럼 악랄하게 산 사람에겐 아마도 하늘의 자비가 하나도 없을 거예요. 내가 죽어봐서 아는데 죽는다고 끝이 아니에요. 나도 내게 어떤 심판이 기다리고 있을까 겁이 나거든요. 고모가 그렇게 소중하게 생각하는 돈은 절대로 가지고 갈 수 없어요. 물론 머리로는 알고 있겠지만, 사실은 모르는 거죠. 한 번도 진지하게 죽음을 생각해보지 않았을 테니까."

그러면서 미루는 고모의 머리카락을 한번 쓰다듬었다.

"남은 생이라도 제발 착하게 사세요. 남들한테 몹쓸 짓 좀 그만하고."

도해는 고모 옆에 바짝 붙어 앉아 있는 미루를 안쓰럽게 쳐다보고 있었다. 도해의 미소가 슬픔으로 잠시 흔들렸다. 도해는 미루를 잘 알고 있었기에, 이제는 죽은 자의 삶으로 들어가는 미루의 마지막 인사가 가여워졌다. 그런 도해의 눈빛과 미루의 눈빛이 잠시 마주쳤고, 미루는 고개를 돌려 다시금 병길을 보고 있었다. 병길은 고모의 비위를 맞추며 같이 눈물을 흘렸다. 잠시 후 고모가 나가자 병길은 장례식장 옆방으로 들어갔다. 밤이 깊어 사람들의 조문이 잠시 끊어진 상태여서 장례식장 영정 옆 방안은 고요했다. 병길이 불을 켜고 잠시 쉬고 있을 때 세아가 방안으로 들어왔다.

세아가 먼저 말을 꺼냈다.

"아~ 못할 일이야. 장례식 끝나면 여행 가자. 당신 이제 부자니까 우리가 하고 싶은 건 뭐든 할 수 있어."

병길은 환하게 웃으며 세아를 껴안았다.

"그래, 보험금에 상속에 이제 나는 새롭게 태어난 거야. 세아 덕분이야."

병길과 세아는 작은 목소리로 웃었다. 밖을 의식한 듯 세아가 먼저 조용히 방안을 나왔다.

병길과 세아를 바라보던 미루의 눈에서는 피눈물이 흘러내렸다. 얼굴이 순간 악귀의 모습처럼 잔인하게 변하며 눈빛에 원한이 가득해 졌다.

미루의 입술이 파르르 떨렸다. 죽은 몸임에도 불구하고 심장이 차갑게 조여 왔다. 온몸이 배신의 고통으로 일그러지고 상처 입은 마음이 날카로운 송곳에 찔리는 듯 아파왔다. 미루는 처절하게 울부짖었다.

"이대로는 못 가. 이대로는 갈 수 없어. 저것들을 죽이고 갈 거야. 도해야! 말 좀 해봐. 어떻게 방법이 없는 거야?"

도해는 당황한 기색으로 미루의 어깨를 붙잡고 절절한 눈빛으로 단호하게 힘을 주어 말했다.

"미루야, 원한을 가지고 있으면 너는 이곳을 벗어나지 못해. 구천을 맴 돌면서 떠날 수 없는 원귀가 되고 말아. 모든 것을 놓아버리고 모든 것을 이곳에 두고 떠나자. 홀가분하게 떠나자. 저들을 죽이려는 너의 마음이 지옥으로 가는 문을 열게 하는 거야. 미루야, 너의 재산으로 저들이 배불리 먹고 산다 해도 이제는 너의 일도, 너의 재산도 그 어떤 것도 아니야. 원래 너는 아무것도 가진 것 없이 이 세상에 태어났잖아. 그러니 저들에 대한 원한을 버리고 뭐든 툭툭 털어버리고 우리 떠나자."

미루는 거부할 수 없는 도해의 말을 들으며 몸부림쳤다.

그 순간이었다. 갑자기 여기저기에서 붉은 눈의 영가(靈駕)들이 나타났다. 붉은 눈의 영가들은 너덜너덜해진 검은

53

손을 내밀기 시작했다. 영가들은 처음에는 서너 명이었지만 점차 여기저기서 모습을 드러내기 시작했다. 이승을 못 떠나는 수많은 영가들이 원한의 냄새를 맡고 모여들었다.

검은 해골을 뒤집어쓴 듯 검은 얼굴, 검은 팔다리에 모든 것이 인간의 모습과 비슷했는데 이상하게도 입이 없었다. 오직 눈만이, 핏빛 붉은 눈으로 빛나고 있었고 원망과 원한으로 미루를 향해 뻗친 두 손이 이승을 못 떠나는 한스러운 생을 이야기하듯 사납게 다가오고 있었다. 한 걸음 한 걸음 붉은 눈의 영가들이 천천히 걸어왔다. 입이 없는 영가들이 다가올 때 미루의 귀에는 원한 맺힌 소리들이 진동처럼 강하게 울려왔고 미루는 두 손으로 귀를 틀어막았다.

미루는 몸을 움츠리고 귀를 막은 채 붉은 눈의 영가들을 보고 있었다.

'인간의 몸으로 살 수 없는데도 이곳을 떠나지 못하는 검은 원귀가 되고 싶지 않아.'

미루는 스스로 결단하고 스스로 내려놓아야 했다. 원귀의 모습은 원귀의 원한이고 집착이었다. 그들은 끈적끈적하고 떨어지지 않는 시꺼먼 오물을 뒤집어쓰고 있었다. 그런 모습이, 그런 마음이 어쩌면 미루의 내면에서도 똑같이 소용돌이치고 있는지도 모를 일이었다. 미루는 이제 그 모든 악몽을 끊어내고 싶었다.

심하게 손을 떨던 미루는 도해의 손을 덥석 잡았다. 도해의 마음이 미루에게 전해졌다. 미루는 또 다시 실수를 되풀이 하고 싶지 않았다. 이렇게 자신을 마중 나와 준 도해에게 해서는 안 될 일이라 마음을 굳게 했다.

"그래, 나는 이제 나 자신으로 돌아갈 거야. 저들이 나를 죽이고 내 재산으로 호의호식을 한다고 하더라도 이제 나의 일도 나의 것도 아니니 이제 나는 홀가분하게 다 버리고 떠날 거야."

미루의 힘없이 떨구어졌던 머리가 다시 힘을 얻어 조금씩 몸을 곧추세우고 있었다. 붉은 눈의 영가들은 서서히 힘을 잃어가고 있었다. 그들은 미루에게 다가오려 팔을 뻗치고 있었지만 기운이 없는 듯 팔을 축 늘어뜨렸다. 도해는 미루를 지켜야 한다는 마음으로, 혹시라도 붉은 눈의 영가들이 미루를 해칠까봐 그들을 온몸으로 가로막으며 소리쳤다.

"당신들은 원한으로 이곳을 못 떠나고 있지만 우리는 그렇지 않습니다. 물러나세요!"

도해는 다시 한 번 그들을 향해 묵직하고 강인한 목소리로 말했다.

"미루는 원귀가 되지 않을 겁니다. 그러니 미루에게서 당장 물러나요!"

미루가 이번에는 당당하고 힘 있는 목소리로 말했다. 순간순간 미루는 다른 미루가 되고 있었다. 더 이상 불행에 절여지고 초조하고 두려우며 원한 맺힌 미루가 아니었다.

"나는 당신들과 함께 하지 않아요. 나는 내 길을 갈 거예요. 이제 그 누구에게도 그 어떤 영혼들에게도 휘둘리지 않고 나, 미루의 길을 갈 거라구요. 제발 나에게 오지 말아요."

또렷하고 힘있는 미루의 목소리에 붉은 눈의 사람들은 하나둘씩 힘없이 사라지기 시작했다. 그들의 옷은 영안실과 어두운 곳에서만 떠돌아서인지 닳고 해져서 입김으로 불면 옷이 사라질 듯 낡아 보였다. 그들은 순식간에 자취를 감추어 버렸고 어둡고 음산한 기운도 사그라들었다.

깊은 밤이었고 시간은 자정을 훨씬 넘어가고 있었다. 새벽녘, 텅빈 영안실에는 미루와 도해 그리고 병길과 세아만 있었다. 산 자와 죽은 자가 같은 공간과 시간 안에 머물고 있었다. 그렇지만 미루는 더 이상 병길을 보지 않았다. 이제는 온전히 도해를 볼 수 있었다.

도해의 젖은 눈빛이 깊고 맑은 샘물처럼 찰랑거린다고 느껴졌다. 도해는 미루의 눈물을 닦아주었다. 미루의 눈에 입맞춤하고 미루의 손을 부드럽게 감쌌다. 마치 오월의 싱그러운 바람처럼 도해의 손에서는 바람이 일렁였고, 미루의 눈에 가득했던 원한을 삭혀주었다. 서늘한 바람과 함께 뜨겁고 단단하기만 했던 미루의 원망과 고통들은 조금씩 사그라들기 시작했다.

도해는 미루에게 다정하게 말했다.

"미루야, 이제 고통을 던져버리자. 저 사람들도 자신이 남에게 준 고통, 미루에게 준 고통을 똑같이 겪게 될 거니까. 그건 하나의 법칙이야. 그러니 저 사람들 일은 저 사람들에게 맡기고 우리가 가야 할 곳으로 함께 가자."

"응. 도해야."

"미루야, 지금까지 네가 한 가득 짊어졌던 그 무거운 짐은 무엇이었을까를 생각해봐. 지금 너의 어깨에는 과거의 원한과 미련, 미래의 희망 그리고 현재의 불안 따위가 가득 얹혀 있어. 이제 모든 짐을 벗어버리자."

미루는 도해의 손을 꼭 잡았다. 그녀의 아름다운 본성이 다시금 살아나 숨을 쉬기 시작했다. 다시 홀가분해졌고 다시 편안해졌다. 즐겁기까지 했다. 무엇보다 혼이 빠져나와 죽었지만 죽지 않았다는 것이 얼마나 다행한 일인가. 미루는 안도의 한숨을 쉬며 가슴을 쓸어내렸다. 아직 모든 슬픔이 가신 것은 아니지만 이제는 미소 지을 수 있는 여유까지 생겼다. 미루는 도해의 팔을 다정하게 잡아당기며 말했다.

"도해야. 조금만 기다려줘. 내가 나에게 인사하고 떠나려고."

도해는 고개를 끄덕였고 미루는 걸음을 옮겨 자신의 영정 사진 앞에 섰다. 영정 속 미루는 해맑고 즐겁게 웃고 있었다.

미루야, 이제 우리 작별할 때가 된 거야.

그동안 내 몸으로 살아줘서 정말 고마웠어.

34살 짧은 생이 끝나고 나는 이제 떠나려 해.

죽음은 삶의 완성이기에 스스로 나의 죽음을 있는 그대로 받아들이고 있어.

그리고 미루, 나에게 진심으로 참회할게.

내가 나의 목소리를 듣지 않고 내가 나를 보지 않고 내가 나를 외면했던 그 많은 순간들을 속죄할게.

미루야, 너에게 정말 미안해

진짜 사랑이 무엇인지, 사람들과 어떻게 사랑하고 어떻게 아끼고 살아야 하는지, 사랑받는 법도 배우지 못했어. 그냥 아무 생각 없이 살았던 것을 후회하고 있어.

이제 미루, 너의 몸이 편안히 자연으로 돌아가길 바래.

안녕 미루! 안녕 나의 몸이여!

미루의 결혼식을 다녀왔다
미루는 봄에 핀 아름다운 수선화였다
내 사랑을 차마 말하지 못했지만
그래도 미루가 웃고 있는걸 보면
기쁨으로 가슴이 벅차오른다
하지만 기쁨은 이내 사그라 들고
거대한 슬픔이 파도가 되어 내 영혼을 삼켜버린다
온 세상을 뒤덮은 사나운 절망이 내 시야를 가려버린다
결혼식이 끝나고 집으로 돌아오는 길
나의 심장은 울고 있었다. 방안에 웅크리고 앉아 있다가
눈물 같은 소주를
타들어가는 내 목구멍으로 집어넣었다

-도해가 남긴 일기장에서

달빛다리

도해는 영안실에서 미루의 손을 잡았다. 그 순간 온통 어둠으로 가득한 곳에 두 사람만 서 있는 느낌이 들었다. 다른 곳으로 이동해온 것이 분명했다. 아무것도 보이지 않았다. 오로지 도해가 자신의 손을 잡고 있다는 사실만을 알수 있었다. 잠시 후, 두 갈래의 빛이 보이기 시작했다. 하나의 빛은 흰빛이었는데 어두운 흰빛이었다. 다른 빛은 붉은 빛이었고 밝고 선명했다. 도해는 미루에게 말했다.

"우리는 저 밝고 선명한 붉은 빛을 따라 갈 거야. 나를 믿고 같이 가자."

미루는 말없이 고개를 끄덕였다. 누구보다 마음으로 믿어온 도해였지만 알 수 없는 빛을 따라가는 일은 커다란 두려움이었다. 차라리 눈을 감고 싶었다. 살아 있을 때의 교만함과 위선이 떠올랐다. 겸손을 가장했고 사람들을 속였었다. 내 목표를 위해 나를 믿었던 사람들을 이용하기도 했었다. 그 모든 일들이 한편의 영화처럼 빠르게 스쳐갔다. 지금까지 살아온 인생은 찰나의 순간일 뿐이었다. 그 많은 죄에 대한 벌을 받아야 한다면 지금 지옥으로 가야 하리라.

지옥으로 가면 끓는 물에 몸을 팔팔 끓이거나 쇠몽둥이로 끝없이 맞아야 할지도 모를 일이었다. 지옥이 너무 무서웠다. 미루는 자신이 지옥의 불구덩이로 떨어질지도 모른다는 두려움 때문에 도해의 손을 힘주어 꽉 잡았다. 그리고는 밝고 선명한 붉은 빛을 따라 계속 걸어갔다. 붉은빛은 더욱 커져 갔고 온 세상이 밝고 아름다운 붉은빛으로 물들고 있었다. 깊은 어둠이 밝은 태양에게 자리를 양보하듯 붉은빛은 그 광채를 환희롭게 발산하고 있었다.

잠시 후 먼발치에서 황금빛이 조금씩 감돌기 시작했다. 도해의 눈빛이 빛났다. 이윽고 온 세상이 황금색으로 넘쳐나며 황금향이 감미롭게 감돌았다. 황금빛 아름다운 파장이 미루와 도해를 감싸 안았다. 세상이 이렇게 따뜻했던가. 세상이 이리도 아름다웠던가. 미루는 온통 황금색으로 만들어진 세상에서 도해와 함께 서 있었다. 도해의 믿음직스러운 음성이 묵직하게 들려왔다.

"미루야. 우리는 달빛이 만들어주는 달의 다리를 타게 될 거야."

"응."

도해에게 어정쩡한 투로 대답 했지만 모든 것이 의심스러웠다.

온통 황금빛으로 뒤덮인 믿을 수 없는 세상을 보면서도 달의 다리가 정말 있을까 하는 의심이 고개를 들었다.

"그렇지만 달 사진이나 영상을 보면 아무것도 없던데... 정말 달의 다리가 있는 거야?"

도해는 미루의 머리를 가볍게 쓰다듬으며 말했다.

"그럼, 미루가 봤던 세상은 보이지 않는 것들이 많았지만, 보이지 않는다고 해서 진짜로 없는 건 아니니까. 오히려 보이지 않는 세상이 진짜 세상이지. 이제 미루는 진짜 세상을 만나게 될 거야."

"아~~ 달의 다리에서 떨어지거나 하진 않겠지? 다리에서 미끄러져 벼랑으로 떨어진다거나."

미루의 말에 도해는 즐거운 웃음으로 말했다.

"그럴 일은 없을 거야. 미루야, 나를 믿고 같이 가면 돼."

"도해야... 고마워."

"우리는 달이 차오를 때까지 기다려야 해."

"기다리기만 하면 되는 거야?"

"우리는 차원을 넘어가야 해. 달빛이 완전히 차오르고 조금 후 기울어질 때 다리를 건너야 해. 그 때가 다리를 건널 수 있는 유일한 시간이야."

"그때를 놓치면 어떻게 되는데?"

"황금다리가 다시 놓여질 때까지 기다려야 돼."

"..."

달빛이 더욱 커져나가자 황금빛 역시 점점 더 커지면서

서서히 다리의 형태를 갖추기 시작했다. 어느 순간 향기로운 황금향이 은은하게 미루를 감싸 안았다. 아름다운 황금빛을 보면서 미루가 서운한 듯 말했다.

"도해야. 내가 이곳에서 머무는 마지막 날이겠네."

도해는 미소지으며 고개를 끄덕였다.

미루는 궁금한 것이 많았지만 묻지 않았다. 달이 내려주는 다리를 건너면, 죽은 사람들만 간다는 그곳으로 가는 것인지 궁금했지만 가보면 될 일이라고 생각했다. 달빛만이 두 사람의 이야기를 엿듣고 있는 듯, 주변은 너무나 고요했다.

"사람이 죽으면 심판을 받는다던데 나도 심판을 받아야 할지 몰라. 무섭고 두려워. 난 남을 돕지도, 배려하지도 않았어. 그렇다고 나를 소중하게 생각하며 산 것도 아니고 그냥 아무 생각 없이 사람들이 시키는 대로 살았던 거 같아. 남들이 좋아하는 것을 같이 좋아하고 남들만 따라 하다가 이렇게 생이 끝나버렸어. 나 너무 무서워."

도해는 미루의 손을 잡고 미소지으며 말했다.

"열 명의 왕들에게 심판을 받아야 하는 사람도 있고, 죄 많은 사람은 염라대왕에게 끌려가서 업의 경이라는 거울에 드러난 자신의 죄를 보기도 하지. 살아있을 때 고통스러운 삶을 보냈는데 죽어서도 심판을 받아야 한다면 억울하게 생각하는 사람들도 있을 거야. 착하고 선하게 살아온 사람일수록 자신이 지은 죄의 무게를 더 무겁게 생각하니까. 죄의식이 없는 사람들은 그런 생각조차 하지 않으니까."

"그럼 죄의식이 없는 철면피들이 유리한 건 아닐까? 병길이나 세아처럼. 죄책감이라고는 전혀 찾아볼 수 없는 인간들은 자신이 죄가 있다고 생각하지 않을 테니까."

"걱정하지마. 죄의식이 없다고 해서 죄가 없는 것도 아니고 악업이 소멸되는 것도 아니니까. 자신이 지은 죄는 정말로 그대로 받게 되어 있어."

"그래. 도해야. 위로가 되는 말이야."

"사람에게 가장 큰 벌은 무엇일까? 아마도 스스로의 후회와 자책이 가장 큰 심판일거야. 살인한 사람들은 살인한 사람들끼리 살아야 하고, 남을 괴롭히며 살아온 사람들은 그런 사람들 속에서 살아야 하니 영계의 일은 너무나 공평한 것이지. 살인한 사람들은 언제 자신이 죽임을 당할지도 모른다는 공포 속에서 늘 살인의 기억 속에서 살게 되니까. 그게 바로 지옥이지. 미루 너는 그렇게 살지 않았기에 나도 너를 마중 나올 수 있었어. 애처롭고 비참했던 네 인생의 마지막을 내가 함께 하려고."

도해의 말은 한마디 한마디가 미루의 심장에 깊이 박히고 있었다. 도해의 위로만으로도 미루는 자신의 마지막이 처참하지 않다는 생각이 들었다. 다 두고 떠나는 길에 미련이 없어졌다.

도해는 늘 그런 사람이었다. 살아있을 때도 늘 다정했고 화를 내는 일이 없었다. 그렇다고 비굴한 웃음도 없었다. 한결같은 도해의 사랑에 미루는 죽은 뒤의 삶에 안심할 수 있었다. 도해가 곁에 있으니 괜찮을 거라는 믿음으로.

잠시 후 도해가 미루의 손을 더 강하게 잡아당겼다.

달빛 아래로 황금다리가 완성되었고 어디로 향하는지 다리의 끝은 잘 보이지 않았다. 도해의 손에 이끌려 미루는 달의 다리를 타고 다른 차원으로의 여행을 시작했다.

다리 위를 걸으니 다리 아래로 삼천대천세계, 온 우주의 커다란 양팔이 미루를 안아주듯 편안하고 즐거웠다.

도해는 즐겁게 웃으며 말했다.

"우리는 달의 다리를 탔지만, 어떤 이들은 은하수의 다리를 타기도 하고, 어떤 이들은 플레이아데스의 다리를 타기도 해. 자신의 삶이 이끌어준 다른 차원으로 가는 골든 브릿지라고 할 수 있어."

미루는 달의 다리가 좋았다. 달빛을 뿌려놓은 듯 금빛가루가 흩날리고 있었다. 그것은 한없이 다정하고 따뜻했다. 몸의 기운이 차츰 상승하고 즐거운 마음만이 가득했을 때 어느덧 다리가 끝나고 한 남자가 나타났다. 홀연히 나타난 남자는 처음에 얼굴이 잘 보이지 않았지만, 점차 선명하게 볼 수 있었다.

남자는 이집트 파라오의 눈처럼 검은 눈의 윤곽이 뚜렷했고 귀밑까지 내려온 머리카락이 검게 빛나고 있었다. 말끔한 흰옷은 그의 검은 눈동자를 더 매력적으로 보이게 했다. 잘생긴 콧날과 크지도 작지도 않은 입술은 권위와 위엄을 가지고 있었다.

도해는 이 남자를 잘 아는 듯이 보였는데 남자가 다가오자 도해가 먼저 인사를 건넸다.

"미리 나오셨네요. 제가 먼저 미루를 맞이하게 허락해주셔서 감사합니다. 미루는 저 세상의 일을 잘 마무리하고 왔어요. 다만 차원의 문을 건너려니 달의 다리를 건너야 해서 조금 늦었습니다."

남자는 감정이 없는 건조한 목소리로 말했다.

"고생하셨습니다. 미루님도 오시느라 고생하셨어요."

미루는 주위를 둘러보았다.

우주의 중심에 온 듯 넓게 펼쳐진 별들이 저마다의 세계를 이루고 있는 듯이 보였다. 정면에는 엄청난 높이의 빛나는 사원이 있었는데 미루로서는 처음 보는 광경이었다.

사원은 인간으로서는 상상할 수 없는 높이였다. 너무 높아서 그 형체가 다 보이지 않을 정도였다. 별들이 찬연하게 넓게 펼쳐졌고 사원은 별들 속에서 자신만의 빛을 내뿜고 있었다. 차분하고 온화한 느낌이었으며 침묵의 색채로 마무리한 듯 그지없이 고요했다. 삶과 죽음의 노래처럼 미묘했고 화사한 듯 고요했다. 그것은 우주의 외침이었고 우주의 마음이었다.

미루는 남자의 눈치를 살피며 긴장을 늦추지 않고 조심스럽게 물었다.

"당신은 누구십니까. 이곳은 어딘가요."

남자는 대답했다.

"이곳은 환생 플랫폼입니다. 미루님은 억울하게 죽었고 착하고 선하게 사셨기에 환생플랫폼으로 바로 올 수 있었어요. 나는 환생 플랫폼 매니저입니다. 저쪽 세상 사람들은 나를 부르기를 저승사자라고 하지요."

사람들이 저승사자라고 부른다는 환생플랫폼 매니저는 차갑지만 지적이었고, 단호하며 단단한 인상이었다. 미루는 왠지 저승사자라는 환생플랫폼 매니저가 마음에 들었다.

사원의 웅장한 모습에 감탄을 금할 수 없었던 미루는 탄성을 지르고 있었다.

"저렇게 높은 사원은 처음 봅니다. 웅장하고 아름다워요."

환생플랫폼 매니저는 도해와 미루를 쳐다보며 말했다.

"천개의 층으로 이루어져있고 천개의 계단이 있습니다. 각각의 층은 각각 다른 세계이고 밖에서 보는 것과는 달리 안에 들어가시면 광활한 세상이 보일 거예요. 사원 안에는 전생을 저장해놓은 전생은행도 있습니다."

도해는 미루에게 속삭이듯 말했다.

"미루야. 나도 환생플랫폼 매니저로 이곳에 와 있었어.

은하수에 있다가 네가 죽고 나서 스스로 자원했어. 사야도님은 미얀마에서 큰스님으로 불리신 위대한 수행자셨어. 억울하게 죽은 영혼들을 어루만져주고 싶은 사야도님의 뜻이 이루어져서 이곳에 오신 거지. 미얀마 말로 큰스님을 사야도라고 부르거든."

미루는 도해의 목소리가 맑은 새소리처럼 청량하게 들렸다. 사야도라 불리는 환생 매니저는 미루를 보며 말했다.

"미루님에게 보여줄 것이 있어요. 사원으로 들어가기 전 정원이 있습니다. 먼저 그곳으로 가시죠."

미루는 호기심 어린 얼굴로 고개를 끄덕였다.

사야도는 단정한 얼굴로 앞장서서 정원으로 들어갔다. 커다란 사원의 정문을 들어가기 전 정원이 있었고 입구에는 문이 없었다. 천천히 사야도를 따라 걸음을 옮기자 열려진 공간이 세 사람을 안아주듯 포근하게 감싸 안았다. 세 사람은 잠시 아무 말도 하지 않은 채 눈앞에 펼쳐진 정원을 바라보았다.

천국이 이런 곳일까. 정원의 나무들은 오색으로 찬란했다. 나무 잎사귀와 꽃들이 보석처럼 빛나고 향기로웠다. 정원의 연못에는 금으로 된 모래가 맑은 물 아래에서 빛나고 있었고 물고기들조차 수 백 가지 색채를 머금은 채 아름답게 헤엄치고 있었다.

죽기 전에는 물고기를 볼 때 '인간이 되지 못한 불쌍한 존재'처럼 느껴질 때도 있었는데 이곳의 물고기들은 동등하고 아름다운 존재로 신비하게 물속을 유랑하듯 노닐고 있었다.

정원을 날고 있는 새는 상상 속에 존재한다는 봉황새였다. 금빛 봉황새가 당당하게 하늘을 날자 하늘 위는 금빛 폭죽이 터지듯 환희로웠다. 다른 새들도 지구에서 보지 못했던 새들의 노래로 미루를 환영해주고 있었다.

미루는 죽으면 모든 것이 끝장이라고 생각했었다. 죽으면 아무것도 없다. 그냥 정말 아무것도 없는 것이다. 늘 이렇게 속으로 말하곤 했었다. 그렇지만 죽은 이후에 아무것도 없다는 것은 사실이 아니었다. 모르면서도 잘 아는 것처럼 확신에 차서 헛소리를 한 것이었다. 달의 다리를 건너서 이곳으로 왔고, 여기서 죽은 도해를 만났다. 게다가 저승사자라는 플랫폼 매니저 사야도의 안내를 받고 있지 않은가.

조금 후 가벼운 미풍이 미루의 더운 가슴을 식혀주었다. 어느 샌가 옆에 서 있던 향기로운 나뭇가지가 길게 손을 뻗치듯 미루의 어깨에 드리워졌다. 미루는 손으로 나뭇가지의 이파리들을 소중하게 쓰다듬었다. 하나하나가 너무나 소중한 존재들이었다. 나무들의 아낌없는 사랑이, 사랑을 주고 싶어 하는 마음이 미루의 가슴에 담겨지고 있었다. 미루의 원한과 억울함으로 새겨진 피멍들이 서서히 지워져 갔다.

미루는 주변을 둘러보며 사야도에게 말했다.

"사야도님, 이곳은 정말 아름다워요. 내가 천국에 있는 건가요?”

사야도는 미루의 얼굴을 내려다보며 미소 지었다.

“이곳은 천국이 아닙니다. 물론 지옥도 아니에요. 환생하기 위해 잠시 머물게 되는 사원입니다. 미루님의 죽음이 애처로운지 새들이 더 맑은 소리를 내며 울어주는군요. 물소리조차도 오늘은 미루님을 위해 노래하네요.”

미루는 울컥하고 눈물이 솟아났다. 미루도 정원 안에 있는 존재들의 사랑을 느끼고 있었다. 그러자 여러 가지 질문들이 한꺼번에 떠올랐다.

“생이 너무 힘들어서 자살한 사람들은 어찌 되나요?”

미루는 얼마 전, 생을 마감했던 후배를 기억하며 다시 물었다.

“제가 아끼는 후배가 5년 전 자살로 생을 마감했어요. 그 후배는 어떻게 되었을까요? 이름이 정민이었어요.”

사야도가 차분한 목소리로 말했다.

“미루님의 후배는 제가 마중을 나갔지요. 아직도 기억하고 있어요. 그분도 환생을 했지만 환생의 조건이 매우 까다로웠어요. 자살을 했을 당시와 똑같은 고통과 난관을 다시 만나게 될 겁니다. 그 난관을 이겨내지 못하고 다시 자살을 선택한다면 또 다시 태어난다 해도 똑같은 고통을 만나게 되죠.”

“제 후배가 그 난관을 극복하지 못하면 계속해서 그런 끔찍한 일을 겪어야 한다는 말씀이세요?”

"그렇습니다. 그렇지만 끝없이 자신을 죽이는 것을 반복해서는 안 됩니다. 그래서 그것을 극복할 때까지 업의 그물은 그대로 다시 반복되는 거죠. 다시 설명하자면 자살은 자신을 한 번이 아니라 여러 번 죽이는 겁니다. 자살을 선택할 때는 죽으면 모든 것이 끝이라는 생각이 들겠지만 절대로 죽음이 끝이 아닙니다."

도해가 옆에서 거들었다.

"지난번 내가 데리러 갔던 자살한 여인은 남편에게 폭행당하고, 자식에게마저 학대받는 사람이었어. 남들은 공부 잘하는 자식에 부자 남편을 만났다고 부러워했지만, 막상 자기 자신은 눈물 닦을 손수건 한 장도 살 수가 없었지. 자식들까지 자신을 학대하고 조롱하니까 세상 어디에도 기댈 곳이 없었어. 다른 건 몰라도 자식들에게 학대당했던 사실은 누구에게도 말할 수 없는 참담한 일이었을 거야."

"도대체 왜? 자신을 죽이는 선택을 했을까? 부모님께라도 고민을 털어놓았더라면 불쌍한 딸을 도와주셨을 텐데."

"그 이유는 자식들 때문이었지. 자식들에게 학대당한 사실이 세상에 알려지면 사랑하는 자식들이 손가락질을 받으며 살게 될 테니까. 자신만 죽으면 모든 것이 끝난다고 생각했어. 그래서 매서운 바람이 부는 날 차가운 바다로 들어갔지."

미루는 알지도 못하는 사람의 사연에 가슴이 아팠다. 그래서 사야도와 도해를 번갈아 바라보며 힘주어 말했다. 그것은 어쩌면 용기없는 삶을 살아온 미루 스스로에게 하는 말인지도 모를 일이었다.

"그 분은 자신을 때리고 학대한 가족이라는 굴레를 벗어나서 탈출해야 했어요. 그 괴물들을 가족이라는 이름으로 사랑했겠지만 그 사랑이 집착이고 거짓이라는 것을 알아야 했어요. 죽은 사람만 억울한 거죠."

사야도는 미루를 보며 말했다.

"겉으로 보기에 행복해 보이고, 세상 모든 것을 다 가진 것 같은 사람들도 누구나 고통을 짊어지고 있어요. 그 고통을 이겨내고 굳건하게 넘어서야 합니다."

"하지만 사야도님, 고통 안에 있으면 평범한 진리도 잘 보이지 않아요. 사람들에게 수없이 손가락질 받고 치욕 속에 몸서리치더라도 나를 이해해줄 한 사람만 있으면 한 가닥 희망을 품고 살아갈 수 있겠지만, 만약 그 한 사람에게 조차 내가 짐이 될 것이라는 두려움이 생긴다면, 자기 삶을 포기하는 선택을 하는 게 아닐까요. 우리가 꼭 살아주길 간절히 바란 사람들이 삶을 등질 때가 있어요. 내 후배처럼."

사야도는 아무 말도 하지 않았다. 질문과 대답이 필요 없는 순간이었다. 미루는 지난 생을 후회하고 있었다. 굳건하지도 않았고 용감하지도 못했던 자신의 지난 생을.

사야도와 도해 그리고 미루는 정원을 거닐며 삶과 죽음을 이야기했다. 무엇이 진짜 살아있는 것일까. 미루는 자신이 살았던 생에서 바꾸고 싶은 것이 너무나 많았다. 그렇지만 한 번도 제대로 바꾸려 한 적이 없었다. 병길과 세아를 인생에서 가장 소중한 사람들이라고 생각했던 자신이 시퍼런 바다로 뛰어든 여성을 나무랄 수 있는가 생각했다.

미루는 입술을 지그시 깨물며 도해와 사야도에게 말했다.

"인생에서 중요한 것 중 하나가 관계에요. 내가 누구와 함께 하는지, 누구와 함께 할 것인지. 저는 인생에서 그 소중한 것에 대한 판단을 제대로 하지 못했어요. 개죽음도 결국은 나의 책임이었어요."

도해는 미루의 맑은 눈을 바라봤다. 미루는 도해의 눈빛을 느끼며 슬프게 미소 지었다. 그 순간은 미루가 스스로를 깊이 들여다보고 있었다.

정원의 상쾌한 향기로운 바람이 미루의 머리카락을 휘날리게 했다. 이름을 알 수 없는 작은 새가 미루의 어깨 위에 살며시 앉았다. 따뜻한 감촉이 미루의 심장까지 전해졌다. 사야도는 새에게 말했다.

"쟈스민, 이제 우리는 사원 안으로 들어가야 하니 그만 어깨에서 내려 오거라."

쟈스민이라는 새는 사랑스럽게 미루의 어깨에서 지저귀더니 다시금 높이 날아올랐다. 미루는 쟈스민을 보면서 새처럼 자유롭게 날 수 있으면 좋겠다고 생각했다. 그리고는 수없이 속으로 중얼거렸다.

"그걸 잊었던 거야. 내가 사실은 없다는 것을, 내가 나를 보지 못하고, 내가 없다는 것도 느끼지 못하고, 내 몸과 내 착각이 나라고 생각하며 망상으로 살았던 거야."

그렇게 미루는 사야도의 안내에 따라 도해와 함께 사원 안으로 들어갔다.

더 이상 울지 말아야지 하면서
나는 오늘도 남몰래 울고 있다
미루의 그늘진 얼굴이
그 깊은 눈망울 속 시린 아픔이
자꾸만 나를 휘젓고 지나간다
지하철 안에서 고개를 푹 숙인 채 눈물을 닦아냈다
아무도 본 사람은 없는 것 같다
눌러 쓴 모자가 내 비루한 모습을 감추었나보다
다행이다

-도해가 남긴 일기장에서

전생은행

　세 사람은 거대한 사원의 첫 번째 층으로 들어가고 있었다. 사원의 입구는 키가 큰 다섯 사람을 세로로 세워놓은 듯 높았고 그 어떤 손잡이도 없었다. 샤야도가 두 손을 단정하게 모으고 고개를 숙이자 사원은 스스로 열렸다. 사야도의 경건한 기도로 문이 열리는 순간, 안에 있던 강렬한 빛이 밖으로까지 번져나가며 환희로움을 자아냈다.

　세 사람이 안으로 들어갔을 때 문은 스스로 고요히 닫혔다. 미루는 놀라서 닫힌 문을 뒤돌아보았다. 처음 와보는 세상에 대한 두려움과 호기심이 미루의 심장을 흔들고 있었다. 세상은 온통 에메랄드빛으로 가득 차 있었고 더 없이 평화로웠다. 소리 없는 소리가 맑은 정적이 되어 고요히 흘렀다.

　침묵을 깬 사야도가 미루의 어깨에 두 손을 올려놓은 채 차분한 어조로 말했다.

"미루님, 이제 우리는 사원 안으로 들어왔어요. 이곳을 보세요. 한 층마다 새로운 세상이 있습니다. 당신이 생각하는 것보다 넓은 세상이 있어요. 그러니 당신의 마음을 확장시켜 보세요. 더 넓고 더 광대하게 자신의 마음을 펼쳐내세요. 존재하는 모든 것은 자신의 마음으로 만드는 것입니다."

"사야도님, 그렇다면 지금 보는 세상도 제 마음이 만든 건가요."

"그렇습니다. 당신의 마음이 세상을 만들었고 이곳도 만들고 있어요. 그러니 부디 마음을 광활하게 확장시키고 내면을 고양시키세요. 한 차원 높은 자신을 만나세요."

미루는 순간 지렁이의 생을 생각했다. 지렁이는 땅만 본다. 평면만 본다. 그리고 시간과 공간이 있는 줄을 모른다. 평생 땅만 보고 살았던 지렁이는 다른 세상이 있다는 것을 상상도 못하리라.

나 또한 지렁이처럼 다른 세상이 있다는 것을 생각해 본 적이 없었다. 단 한 번도...

미루의 얼굴은 싱그러워졌고 생기로 환하게 밝아졌다.

"저... 제 마음을 크고 광대하게 가져 볼게요."

사야도는 만족스러운 미소를 띠며 말했다.

"미루님은 이곳에서 느끼고 알아야 할 것이 많습니다. 이곳은 시간과 공간이 없는 곳이에요."

"아 ~"

"미루님은 먼저 당신의 전생을 공부할 거예요. 당신이 살았던 전생을 공부함으로써 당신은 환생 플랫폼의 기차를 탈 수 있어요."

미루는 커다란 눈을 더욱 크게 뜨고 고개를 끄덕였다.

도해는 미루를 사랑스럽게 쳐다보고 있었다.

다시 사야도는 두 사람을 번갈아 바라보며 말을 이었다.

"도해님과 미루님은 전생부터 연결되어 있습니다. 그러니 두 사람의 숙제도 함께 풀어보세요."

미루는 작은 목소리로 "네"라고 대답했다. 긴장했지만 정신은 더욱 또렷했고 마음은 우주를 품을 수 있었다.

'나는 한 번의 생을 산 것이 아니었어. 그래 전생과 그 다음 생이 어떻게 흘러왔는지 나도 알아야 해.'

사야도는 사원의 입구에서 다섯 걸음을 옮긴 후 움직이지 않았다.

미루를 중심으로 마치 여러 우주가 소용돌이치듯 별들의 나라가 드넓게 펼쳐졌다. 다음 층으로 가는 천 개의 계단은 화려한 빛으로 여러 우주를 담은 듯 그렇게 빛나고 있었다.

사야도는 누군가를 기다리듯 엄숙한 얼굴로 서 있었다. 잠시 후 문이 없는 문에서, 두 개의 문이 열렸다. 열린 두 개의 문에서 두 명의 아름다운 여인이 사야도를 바라보며 걸어 나왔고 두 개의 문은 곧바로 사라졌다. 그녀들이 걸을 때마다 이상하게도 잔잔한 물결이 일렁이는 소리가 음악처럼 들려왔다.

오른쪽 문에서 걸어 나온 여인은 푸른 물결이 일렁이는 길고 반짝이는 드레스를 입고 있었다. 그녀는 머리위에 하얀 너울을 쓰고 있었는데 걸을 때마다 안개꽃들이 바람에 나부끼듯 춤을 추었다. 너울 속으로 그녀의 검은 머리가 구름처럼 틀어 올려 져 있었고, 눈부시게 하얀 귀걸이가 그녀의 얼굴을 더욱 신비롭게 했다.

왼쪽 문에서 걸어 나온 여인은 태양을 담은 붉고 긴 드레스를 입고 있었다. 그녀는 검은 장미로 수놓아진 너울을 쓰고, 붉은색 머리가 허리까지 찰랑거리며 반짝였다.

미루는 두 여인을 천상의 존재들이라 생각했다. 그들의 기품있는 눈빛은 세상의 고결함을 넘어선 아름다움이었으며 따뜻하고 온화한 미소는 단 한 번도 본 적이 없는 염화미소였다.

잠시 후 붉은 옷을 입은 여인이 미루를 보며 부드러운 목소리로 말했다.

"우리는 사원의 입구를 지키는 샤카와 샤인이에요. 이곳에 온 미루님을 환영하고 당신의 아름다운 환생을 도우러 왔어요."

그러자 사야도는 허리를 굽히며 말했다.

"샤카여신님과 샤인여신님은 사원의 길을 안내해주는 여

신님이죠. 두 분 여신님이 삼천년 동안 이곳을 지켜주시고 안내해주시니 저희들은 그저 감사할 따름입니다."

사야도는 샤카여신과 샤인여신의 손에 차례로 입 맞추고 경배했다.

샤카여신은 푸른색 호리병을 들고 있었고, 샤인여신은 붉은색 호리병을 들고 있었다. 푸른색 호리병을 든 샤카여신이 먼저 말했다.

"전생을 열기 위해 미루님은 푸른색 병에 든 물을 마셔야 합니다. 이 물은 전생을 보기 위해 당신의 눈을 깨어나게 해 줄 거예요."

미루는 푸른색 호리병을 받아들었다. 그리고 조심스럽게 한 모금씩 물을 마셨다. 물은 달고 맛있었다.

푸른색 호리병의 물을 마시고 나자 미루의 눈은 여러 색으로 빛나기 시작했다. 그녀의 눈은 신묘한 광채로 아름답게 빛났고 마음속에서는 두려움이 사라졌다.

'이제 나는 나의 전생을 보기 위해 전사처럼 굳건하고 강인한 마음과 눈을 가지게 되었어.'

미루의 생각을 알아차리기라도 한 듯 도해와 사야도가 미소지었다.

잠시 후, 붉은색 호리병을 손에 든 샤인여신이 청량한 목소리로 미루에게 말했다.

"붉은색 호리병을 드릴테니 환생 기차를 탈 때 마시고, 떠나야 합니다. 잊지 마시고 이 병을 지니고 다니세요."

미루가 붉은색 호리병을 받아들자 붉은색 호리병은 아주 작아졌다. 미루는 작아진 호리병을 주머니에 넣었다.

두 여신은 만족한 미소로 미루를 쳐다봤다.

미루 역시 위엄과 아름다움을 지닌 두 여신을 번갈아 바라보고 있을 때 샤카여신이 사야도를 보며 말했다.

"미루님을 데리고 444층으로 올라가세요. 444층에서 샤옴여신님이 기다리고 계십니다."

미루는 신비롭게 아름다운 두 여신에게 인사하고 사야도와 도해를 따라 다시 다섯 걸음을 옮겼다. 그러자 커다란 빛의 기둥이 들어왔다. 마치 초고속으로 움직이는 엘리베이터를 탄 듯 눈 깜박할 사이에 어느덧 444층의 문 앞에 서 있었다. 사야도는 두 사람보다 앞에 서서 444층의 문을 지켜보고 있었다.

444층이라는 글씨 밑에 '전생은행' 이라는 사파이어 빛 글씨가 뚜렷하게 한 눈에 들어왔다. 사야도는 도해를 보며 눈으로 무엇인가를 말하는 듯 보였다. 도해는 사야도에게 고개를 끄덕이고는 미루를 보며 말했다.

"미루야, 이제 너 스스로 이 문을 열어야 해. 이 문을 열기 위해서는 전생을 기억하려는 너의 의지가 중요해. 모든 저장된 기억들과 파일들이 그냥 열리지는 않아. 미루 스스로가 전생을 마주하고 전생을 담담하게 받아들이고 그 기억으로 새로운 생의 과제를 생각해야 해."

미루는 도해에게 작지만 또렷한 목소리로 말했다.

"나 잘할 수 있겠지. 나 잘해야 해. 이번만큼은 또 다시 실패하고 싶지 않아."

미루는 온 힘을 다해 문을 잡아당겼다. 그러나 육중하고 커다란 문은 쉽게 열리지 않았다. 문고리에 온 힘을 주어 열어보려 애썼지만 문은 고집스럽게 꼼짝하지 않았다. 좌절한 미루의 어깨는 움츠려들었고 다리에 힘이 빠졌다. 그렇지만 포기할 수 없었다.

미루는 여러 빛깔의 아름다운 눈동자로 기도처럼 중얼거렸다.

'하나의 전생이라도 알고 싶습니다. 부디 저에게 기회를 주세요.'

미루의 말이 끝나자마자 문 옆 기다란 통로로 검은색 드레스를 입은 여인이 그녀를 향해 걸어오는 모습이 보였다. 444층에 있다는 샤옴여신이었다. 미루는 그녀가 샤옴여신이라는 것을 단박에 느낄 수 있었다.

미루는 그녀를 향해 고개를 숙여 인사하고 초조하게 말했다.

"샤옴여신님이시군요. 저는 지난 생을 실패와 억울함으로 살다가 살해당한 미루예요. 부디 제가 전생을 볼 수 있게 해주세요. 전생을 알고 지난 생을 반성해서, 환생 후에 제대로 아름답게 살고 싶습니다. 샤옴여신님, 부디 저의 소원을 들어주세요."

검은 얼굴의 샤옴여신은 푸른빛 눈동자를 가진 신비로운 얼굴로 미루를 바라봤다. 샤옴여신의 눈동자는 깊은 심해처럼 일렁였다.

샤옴여신은 미루에게 말했다.

"미루님, 당신의 지나온 생을 실패했다고 생각하지 말아요. 우리는 늘 실패하고 좌절하지만 늘 새롭게 일어서고 깨달아가고 있어요. 그러니 슬퍼하지 마세요."

"네."

"당신 미루님을 죽인 두 사람은 이미 악업의 인과로 그 다음이 기약되어 있지요. 너무나 정확하고 매서운 인과의 법칙은 자연의 법칙이고 우주의 법칙이에요. 나 샤옴은 전생의 문을 지키는 여신입니다. 용기를 내세요. 용기가 없이는 어느 것도 얻을 수 없어요. 미루님만이 문을 열 수 있습니다. 이제 심호흡을 하고 다시 한 번 444층의 문을 열어보세요."

미루는 다시 샤옴여신을 바라봤다. 샤옴여신은 속삭이듯 말했다.

"두려움을 떨쳐버리세요."

샤옴여신의 단단하고 굵은 음성이 미루의 마음속에 파고들었다. 미루는 이제 주저할 수 없었다. 그동안 미루의 발목을 잡고 있던 복잡하고 끈적끈적한 어둠의 실타래를 끊어버리겠다고 다짐했다. 그러자 기분 좋은 긴장감과 설렘이 찾아왔다. 이상하게도 별로 두렵지 않았다.

미루는 숨을 깊이 마시고, 다시 내쉬었다. 세상의 모든 맑고 상냥하며 청량한 에너지가 미루의 들숨으로 들어왔다. 미루는 다시 한 번 문고리를 잡았다. 열린다거나 열리지 않는다는 것이 중요하지 않다고 느꼈다. 내가 온 마음으로 나를 이해하고 싶다는 마음뿐이었다.

알아야 할 일이었고, 만나야 할 숙제였다. 차분해진 마음으로 슬픔을 걷어차 버리고 아픔을 던져버렸다. 가차 없이 그간의 두려움과 고통의 먼지까지도 남김없이 날려버렸다. 시원하게 숨통이 트였고 죽음 이후 처음 느끼는 고요한 평온이 찾아왔다.

마음을 가다듬은 미루는 황금 문고리를 오른쪽으로 서서히 비틀었다. 그러자 고집스럽게 닫혀 있던 문은 거짓말처럼 환하게 열렸다. 문이 열리자마자 한 번도 보지 못한 맑고 고운 황금빛이 쏟아졌다. 샤옴여신은 언제 문 안으로 들어갔는지 눈부신 빛 사이로 서 있었고, 미루에게 환한 미소를 보냈다. 샤옴여신은 미루와 도해 그리고 사야도가 들어오는 것을 지켜보더니 문을 닫고 소리 없이 사라졌다.

미루의 문

　황금빛 속에서 미루와 도해와 사야도가 서 있었다. 샤옴 여신이 사라지자 다시 그들 셋만 남았다. 고요한 침묵이 다시 흘렀다. 문안에 들어왔으나 수많은 문들이 다시 미루를 기다리고 있었다. 전생을 알려주는 444층에는 별만큼 수많은 문들이 길고 긴 복도 끝까지 이어져 있었다. 444층의 문만 열면 되는 줄 알았는데 어디로 가야 할지를 몰라 미루는 금방 기가 죽고 말았다. 전생을 알고 싶은 마음만큼이나 너무나 많은 문들이 미루의 마음을 어지럽고 답답하게 했다.

　초조하고 성급한 마음이 미루의 눈을 가려버렸다. 순간 아무것도 보이지 않았다. 이러지도 저러지도 못하는 수많은 망설임이 수많은 문들로 유령처럼 서있었다. 미루는 너무나 많은 문들을 한동안 멍하니 쳐다보고는 사야도에게 당황스러운 기색을 감추지 못한 채 조심스레 물었다.

"사야도님, 어느 문으로 들어가야 할까요?"

"저는 알 수가 없습니다."

"그럼 누가 알 수 있나요?"

미루의 도발적인 질문에 사야도는 차분한 어조로 다시 말했다.

"당신만이 알 수 있습니다. 미루님은 미루님의 방을 찾으셔야 합니다. 어느 방이 미루님의 방인지는 미루님이 가장 잘 알고 있으니까요."

그 말을 듣자 미루는 여러 방문들을 차례로 쳐다보았다. 자신의 마음을 들여다보니 빨리 전생을 알고 싶다는 마음뿐이었다. 왜 알고 싶은지, 알고 나면 어떻게 할 것인지는 모르고 있었다.

미루는 실패를 되풀이하고 싶지 않았다. 실수를 고치고 제대로 된 인생을 살아보고 싶은 마음이 간절하게 올라왔다.

마음은 다시 차분해졌다. 잠시 후 미루는 문의 색들과 모양이 모두 다르다는 것을 알게 되었다. 어떤 문은 고대 이집트의 문양을 하고 있었는데 알 수 없는 상형문자 밑에는 태양의 그림이 그려져 있었다. 다른 문은 녹색으로 칠해져 있었는데 단단한 나무문이었다. 또 다른 문은 오래된 낡고 작은 문이었는데 여기저기 긁혀 있었고 오래된 손자국이 땟국물처럼 어려 있었다. 어떤 문은 현대식으로 어디서나 볼 수 있는 빌라의 철문이었다.

모든 문들은 사람의 얼굴과 분위기가 틀린 것처럼 저마다 다른 모습을 가지고 있었고 다른 체취가 있었다. 어떤 문은 처음 보는 색채를 지니기도 했는데 신비스러운 색에 이끌려서 자기도 모르게 한참을 문 앞에 서 있기도 했다.

미루는 차례로 문들을 지나갔다. 자신의 문을 만나지 못한다면 그 속에 갇혀 영영 헤어나오지 못할 수도 있었다. 한참 동안 여러 문들을 지나던 미루가 마침내 발길을 멈추었다. 너무나 익숙하고 친근한 문이었다.

어렸을 때부터 미루가 열고 닫았던 문. 두꺼운 나무로 만들었고 나무 그 자체로 어떤 색깔도 없는... 진한 회색의 문고리와 오래된 낡은 쇠종이 걸려 있는 문.

틀림없는 미루의 문이었다. 미루는 그 문을 보자마자 기쁨으로 크게 소리쳤다.

"이 문이에요. 이 문이 저, 미루의 문입니다."

사야도와 도해도 미소 지었다. 그렇지만 만약 문을 잘못 찾으면 영영 문 속에 갇히게 되리라는 것을 알고 있는 도해는 안심할 수 없었다. 그렇다고 문을 잘못 열면 문 속에 갇히게 된다는 말을 미루에게 해줄 수도 없었다. 그 공포가 미루를 가둬 버릴거라 생각했다.

도해가 미루를 보며 말했다.

"잘 생각해야 해. 미루야. 정말 확실한 거지?"

미루가 고개를 힘 있게 끄덕였다.

도해는 사야도를 보며 고개를 끄덕였고 사야도는 다시 한

번 두 손을 모으고 문 앞에 서서 미루에게 말했다.

"이제 미루님, 당신의 문을 여십시오."

미루의 떨리는 손이 문을 열고 있었다. 문을 여는 소리가 고요한 적막을 깨트리는 듯 종소리가 나는 듯 그렇게 소리를 깨고 있었다.

세상이 깨지고 파괴되면서 마치 새 세상이 열리듯 소리는 자신의 소리에 놀라서 사라졌다. 이윽고 세 사람은 열린 문을 바라보았다.

사야도와 도해는 경건하게 미루를 따라 문안으로 들어갔다. 문안으로 들어가자 또 다른 문이 보였다. 문 앞에는 다음과 같은 글자가 쓰여 있었다.

〈미루의 방〉
미루와 허락받은 사람만이 들어올 수 있습니다

미루는 사야도와 도해를 향해 허락의 의미로 고개를 끄덕였다. 세 사람은 동시에 고요한 진동으로 서로가 온전히 하나의 마음이 되었다.

미루는 자신의 이름이 쓰여진 방문을 열었다. 미루의 손이 진동하듯 떨렸다. 그렇지만 그 떨림은 두려움이 아니었다. 차라리 설렘이었으며 가슴속에서 그렇게 알고 싶었던 나를 만나는 순간이기도 했다.

'그래 나는 정말 나를 만나고 싶었어. 나만의 방이 필요했어.'

방안은 끝없는 암흑만이 있었다. 아무것도 보이지 않는 칠흑 같은 어둠, 그 자체였다. 그런데 서서히 작지만 강렬한 빛이 보이기 시작했다. 여기저기서 빛들이 켜지고 있었다. 그 빛들은 차라리 별들이었다. 미루가 지구에 살았을 때 밤하늘의 별을 보듯 세상이 온통 찬란한 빛들로 가득 차기 시작했다.

빛들은 천천히 움직이는 듯했다. 아니 움직이지 않는 것인지도 모를 일이었다.

사야도는 들어오자마자 두 손을 아래로 모으고 경건하게 자리에 섰다. 그리고 천천히 그의 입술이 움직였다.

"미루님, 이곳은 시간이 얼어 있습니다. 시간이 멈춘 공간이에요. 미루님, 당신의 전생 목록들이 수많은 별처럼 반짝이고 있어요. 당신은 오로지 하나의 전생만을 볼 수 있습니다."

도해는 긴장한 표정이 역력했다.

도해는 눈도 깜빡이지 않고 사야도의 음성에 귀 기울였다. 도해가 사야도에게 물었다.

"사야도님, 저와 미루의 전생을 우리가 함께 보아야 합니까?"

사야도는 도해를 쳐다보지 않고 허공의 수많은 별과 같이 빛나는 광채들을 응시하면서 말했다.

"두 분은 환생 기차를 함께 타야 합니다. 그것이 두 사람의 오래된 선택이었어요. 두 분은 이미 함께 하기로 오래전에 맹세했습니다. 그 맹세를 지난 생에서 지키지 못했기에 다시 한 번 기회를 주기로 한 것입니다."

도해는 미루의 손을 잡았다. 미루는 사야도의 말을 이해할 수 없었지만, 도해의 손을 놓지 않았다. 미루가 말했다.

"하나의 전생만을 볼 수 있다면 어떤 전생을 보아야 하나요? 이렇게 수많은 빛들이 별처럼 반짝이고 있는데 저는 어떤 별을 잡아야 하나요? 아니 제가 저 수많은 별들 중에 하나의 별이라도 잡을 수 있을까요?"

사야도가 대답했다.

"가만히 우주의 빛과 사랑을 생각하는 마음으로 서 계시면 됩니다. 별이 된 빛이 당신들에게 다가올 거에요."

미루가 떨리는 목소리로 대답했다.

"네."

사야도는 미루와 도해에게 허리를 숙여 경배하듯 인사했다.

"미루님, 도해님 잘 다녀오세요. 저는 미루의 방, 이곳에서 두 분을 기다리고 있겠습니다. 이곳은 시간이 멈춘 곳이니 기다림은 없습니다."

잠시 후 미루와 도해는 기도하는 심정으로 우주의 심장을 향해 서 있었다. 우주의 사랑이 그들의 가슴을 두드리는 듯 커다란 울림으로 평화롭게 진동하고 있었다. 미루와 도해는 감았던 눈을 떴다.

어느덧 별 하나가 미루의 손안에 담겼다.

미루는 그 별을 가슴에 안았고 어느덧 미루의 눈에는 새로운 세상이 펼쳐지기 시작했다. 미루는 도해의 손을 꼭 잡았다. 그리고 그들은 새로운 세상에 함께 서 있었다.

먹구름

'나, 미루가 서 있다. 도해는 보이지 않는다. 나는 머리를 길고 단정하게 하나로 땋아 내렸고 모두가 나를 초이라 불렀다. 초이가 나의 이름인가보다. 어디선가 낯익은 음성이 들려왔다. 행랑어멈이 내게 공손하게 말을 건네는데 소화 아씨와 내가 친자매 같다고 한다. 초이는 아니 나 미루는 빠른 걸음으로 커다란 대문 앞에 서 있었고 잠시 후 그곳 사람들이 나와서 나와 행랑어멈을 데리고 들어갔다. 서로가 잘 아는 사이인 듯 반갑고 다정해 보였다. 커다란 기와집인데 대문을 통해 안으로 들어가니 하인으로 보이는 사람들이 나를 안내해서 오른쪽에 있는 작은 문을 통해 천천히 들어가고 있다. 모두가 싱글벙글 웃고 있는데 별채로 들어간 나는 습관처럼 창문을 바라본다. 하얀 창호지를 바른 창문은 단정하게 열려 있었고 그 사이로 하얗고 작은 얼굴이 보인다. 그 얼굴에는 강한 자부심이 있었고 예쁘지는 않

앉지만 단정하고 고운 얼굴선에서 기품이 흘러나왔다.'

초이는 숨이 턱까지 차올라 헉헉거리며 방 안으로 들어갔다.

"언니, 소화언니. 언니가 시집을 간다니 믿어 지지 않아요!"

초이는 생기있고 영민한 얼굴에 장난기 가득한 눈웃음을 지으며 인사를 하는 둥 마는 둥 서둘러 앉았다. 소화는 그런 그녀에게 다정하게 말을 건넸다.

"이제 우리 초이를 자주 볼 날도 얼마 남지 않았구나."

마르고 가녀린 소화는 단정한 자태를 지닌 소박한 봄꽃이었다. 칠흑같이 검은 머리카락은 곱게 땋아 붉은 댕기로 묶었는데 아름다운 노란 저고리가 그녀의 얼굴에 잘 어울렸다. 반달같은 미소로 초이를 맞이한 소화의 눈동자에는 먹구름같은 검은 그림자가 스치고 지나갔다.

"초이야 내가 세 달 후면 혼례를 치르고 한양 땅으로 가게 된단다. 우리 초이, 많이 보고 싶을 거야."

초이는 눈가가 붉어지며 고개를 끄덕였다. 얼굴도 모르는 남자에게 시집가야 한다는 것은 두 사람에게 공포스러운 일이기도 했으니까. 그렇지만 초이의 야무지고 작은 입술엔 어떤 운명에도 굴하지 않겠다는 의지가 실려 있었다.

"언니, 우리도 민희부인처럼 되지 않으려면 마음을 단단히 먹어야 해요. 언니는 조선이 품을 수 있는 사람이 아니에요. 언니같이 글 잘 쓰고 기개 있는 여자들을 이 나라는 못 잡아먹어 안달이니..."

"그래, 걱정 말아라. 정든 내 집을 떠나 낯선 곳으로 가게
되지만 혼인해서 서방님 잘 모시고 잘 살터이니."

"그래야 해요. 우리 소화언니는 내게 혈육이나 다름없으
니 소식도 전해주고..."

초이와 소화는 책 읽는 여자들이었다. 조선 땅에서 서책
이나 읽고 시를 좋아하는 여자는 불행했다. 사람들은 시를
쓰는 여인에 대해 험담하고 비아냥거리기 일쑤였다.

이웃 동네에 민희부인이 살고 있었다. 그녀도 시를 잘 쓰
는 여성이었다. 그렇지만 그녀에게 글 쓰는 재능은 불행의
씨앗이었다. 그녀는 시를 썼다는 이유로 남편에게 쫓겨나
고 사람들의 비웃음거리가 되었다. 사람들은 처참하게 버
려진 민희부인을 동정하기보다는 글 쓰고 시 짓는 민희부
인의 처신을 몹쓸 짓이라 여겼다.

그리 처참하게 버림받고도 자신을 내팽개친 남편을 그리
워했던 민희부인은 가끔 실성한 듯 혼자 중얼거리며 동네
를 떠돌았다. 흰 소복을 입고 마을을 돌아다니며, 뼈에 살
가죽을 붙여놓은 듯 사람의 몰골을 잃어버렸고 머리는 산
발하여 흡사 귀신이 공중을 떠다니듯 했다.

하늘이 파랗고 구름 한 점 없는 날이었다고 한다. 세상 모
든 것들이 눈부시게 발산하고 아름다웠던 그 날, 맨발로 한
숨처럼 걷던 민희부인은 느티나무에 주저앉았고 더 이상

숨을 쉬지 않았다. 먹지도 자지도 않고 마을을 돌아다니던 민희부인에게는 느티나무가 마지막 안식처이자 마지막 친구였다. 그렇게 푸른 느티나무의 배웅을 받으며 그녀는 세상을 떠났다.

민희부인을 모시는 몸종이 민희부인의 시신을 안고 우는 모습이 하도 애처로워 그동안 뒷담화로 쑥덕거리고 모질게 대했던 사람들도 가슴이 서늘해졌었다. 일면식도 없는 민희부인의 일은 초이와 소화의 가슴을 타들어 가게 했다. 소화는 초이를 불러 민희부인이 세상을 떠난 커다란 느티나무를 찾아가 들꽃을 올렸다. 민희부인이 있었던 느티나무를 사람을 만지듯, 죽은 민희부인을 만나듯 그렇게 어루만지는 소화의 얼굴에는 수심이 깊게 배어 있었다.

민희부인의 일은 소화에게는 곧 들이닥칠 미래처럼 고통스럽고 한스러운 일로 여겨졌다. 초이도 글 읽고 시 쓰는 것을 좋아하니 얼굴도 모르는 여인의 일이라 가벼이 여길수가 없었다. 미치지 않고서는 살아낼 수 없었던 민희부인의 넋이 느티나무에 깃들여있는 듯 커다란 느티나무가 슬픈 미소를 그림자로 드리우며 두 여인을 바라보고 있었다.

초이가 슬픈 얼굴로 소화에게 말을 건넸다.

"언니, 남자는 책 읽고 글을 잘 써야 과거 시험도 볼 수 있고 자신의 태어난 의미도 글 속에서 찾는다는데, 어찌 된 일인지 같은 하늘 아래 태어난 우리같이 글 좋아하는 여자의 삶은 왜 이리 위험하고 사나울까요."

"그러게 말이다. 그 위태로움은 때로는 목숨을 걸거나 가문의 명예마저도 걸어야 하는 엄청난 고난이 되기도 하니까. 우리는 귀 닫고 눈 감고 살아야 하고 그것이 조선의 법도고 조선의 도덕이라고 하니까."

초이는 소화의 말에 고개를 끄덕였다. 그렇다 하더라도 소화와 초이는 운명을 거스르는 일에 초연했다. 독립적이고 자의식이 강한 두 여인이 서로를 아끼는 일은 어쩌면 당연한 것이었다. 초이는 소화를 친언니처럼 따르고 존경했다.

특히 소화는 사막에 대한 이야기나 전쟁영웅의 이야기를 좋아했다. 소화의 가늘고 여린 몸속에는 커다란 포부와 웅지가 있었다. 시퍼런 칼날로 적군을 해치우고 말 위를 달리는 이야기를 할 때면 소화 스스로도 대장군이 된 듯 자유로웠다. 초이에게는 소화가 커다란 세상이었다. 소화를 만나면 작은 세상이 크고 드넓은 사막과 바다가 되곤 했다. 사막이라는 말도 초이는 소화를 통해서 처음으로 알게 되었고 만나게 되었다. 소화도 자신을 늘 따르는 밝고 환한 초이를 동생처럼 아꼈다.

초이에게는 아무에게도 말하지 못하는 비밀이 있었다. 깊은 벽장 속에 꽁꽁 숨겨놓은 소중한 비밀. 그것은 소화의 동생, 강산을 사랑하는 것이었다. 그래서 시간이 날 때면 자신도 모르게 온갖 핑계를 대어서라도 소화의 집에 찾아왔다. 남녀의 예가 엄중한 시기인데다가 서로 눈길도 마주치면 안 된다는 장대같이 높은 세상의 잣대가 있었지만 소화를 통해서 벽이 허물어졌고, 두 사람의 만남도 자연스럽게 이어졌다.

초이와 소화가 차를 마시며 담소를 나누고 있는데 기척소리가 들리더니 강산의 목소리가 들렸다. 순간 초이는 설렘으로 가슴이 내려앉았다. 소화에게 들키지 않으려고 얼굴빛을 고쳤지만 왠지 소화가 이미 알고 있을 것 같아 부끄러움으로 얼굴까지 빨갛게 달아올랐다. 그래도 강산을 만나게 된다고 생각하니 심장이 터질 듯 가슴이 뛰면서 세포의 구석구석까지 후끈거렸다.

강산은 방안으로 들어오며 다시 한 번 누이를 불렀다. 강산은 누나인 소화가 시집을 가게 되어 기쁘기도 했지만, 한편으로는 이제 자주 못 보게 될 것이라는 사실이 아쉽고 서운했다.

"누나, 나 들어가오."

소화는 동생의 목소리를 듣고 빙그레 미소 지었다.

"그래, 들어오거라."

강산은 방안으로 들어오다가 초이를 보고 조금 놀란 듯 멈칫했다.

"초이 낭자는 우리 집에서 살다시피 하는구려."

"불청객을 보시듯 말씀하시네요."

초이가 살짝 기분이 나빠져 말했다. 강산은 얼굴에 장난스러운 웃음기를 띠며 초이를 곁눈질로 살짝 보고는 경쾌하게 대답했다.

"내, 늘 반가워서 하는 말이오."

초이도 지지 않고 대답했다.

"언니께서 혼례를 치르신다니 어찌 제가 안 올 수 있겠어요."

소화는 두 동생들이 주고받는 말이 즐거웠지만, 강산과 초이에게 다가올 이별이 떠올라 가슴이 아련해 졌다.

초이가 강산을 총기 어린 눈으로 쳐다보며 말했다.

"도련님께서는 아직 나이 어리신데 이미 조선의 천재가 나왔다고 모두가 우러르니 저 또한 기쁜 마음입니다. 소화 언니의 동생다운 도련님이십니다. 저도 언니나 도련님처럼 세상을 깊이 공부하고 글도 잘 쓰고 싶습니다."

초이와 강산은 잠시 눈이 마주쳤다. 강산 또한 초이를 연모하는 마음이 깊었기에 이렇듯 함께 하는 시간이 꿈인 듯 했다. 강산은 혼자서 얼굴이 붉어지더니 얼른 누이 소화를 바라보며 말했다.

"모든 것이 형님과 누님 덕입니다. 형님과 누님은 나의 형제이자 스승님이지요."

강산의 얼굴은 단정하고 아름다웠다. 강인한 기개와 정신이 있었지만 섬세하고 따뜻한 그의 마음결이 강산의 눈매를 더욱 단단하게 했다.

그런 강산의 모습을 초이는 마음에 담고 있었다. 강산을 더 보고 싶고 함께 있고 싶었지만, 양가집 규수로서의 법도를 지켜야 했다. 초이는 옷고름을 습관적으로 만지작거리며 사뿐히 일어섰다.

"소녀는 다음에 또 놀러 오겠습니다."

소화는 아쉬운 마음으로 말했다.

"초이야, 내일도 놀러 와야 한다. 내가 우리 초이를 자주 보고 싶구나."

"언니, 감축드려요. 더 자주 오겠습니다. 내일도 올게요. 혼례를 치르시는 일은 너무나 기쁘지만 앞으로 자주 못 뵙는다고 생각하니 가슴이 먹먹해요."

소화는 초이를 따뜻한 마음으로 바라보며 고개를 끄덕였다. 동생같은 초이는 늘 쾌활했고 또 우울했다. 소화로서는 초이의 깊은 슬픔과 우울함이 어디서 오는지 알 길이 없었다. 다만 미루어 짐작만 할 뿐이었다. 혼례를 치러야 하지만 소화로서는 지금처럼 오빠와 동생 그리고 초이와 이곳에 오래오래 살고 싶었다. 정든 이곳을 떠나고 싶지 않았다. 그렇지만 혼인 날짜는 성급하게 다가왔다.

소화의 혼례는 전통에 따라 신부인 소화의 집에서 치러졌다. 소화와 결혼하는 새신랑은 기세등등한 명문가 자제였다. 가늘고 기다란 눈에 유난히 검붉은 얼굴이 땀으로 얼룩졌다. 연지 곤지를 찍고 혼례복을 아름답게 입은 소화는 긴장한 채 신랑을 따라 초례청 안으로 들어가기 위해 걸음을 옮겼다. 소화의 혼례복은 마치 소화를 먹어 치우려는 듯 부자연스럽게 바스락거렸고 사람들은 착하고 마음 깊은 소화의 행복을 빌어주었다. 그렇게 혼례가 끝나고 소화는 시댁이 있는 한양으로 떠나갔다. 모든 일들이 순식간에 지나갔다. 세월이 화살보다 빠르게 흐르고 있었다.

미루는 전생의 자신이 초이로 살아가는 것을 지켜보고 있었다. 도해가 바로 강산이라는 것을 단번에 알 수 있었다. 도해와 강산은 모습은 달랐어도 눈빛은 너무나 똑같았다. 도해가 바로 강산이었다.

자신은 전생에서 도해를, 아니 강산을 연모하고 있었다.

강산을 지고지순한 맑은 눈으로 바라보는 초이는 그 순간만큼은 우울함도 서글픔도 없어 보였다. 그래, 적어도 전생의 나는 행복했는지도 모를 일이었다.

그런데 웬일인지 초이의 시름이 깊어졌다. 어느 날 방안으로 들어간 초이는 통곡하고 있었다. 초이의 통곡을 듣고 보는 동안 미루의 가슴은 찢어졌다. 그러면서 아련히 그때의 기억이 떠올랐다.

'내가 9살 때 정혼을 했었지. 부모님께서 혼사를 미리 결정하셔서 나도 강릉을 떠나서 파주로 가야 했어.'

초이는 강산을 생각하며 울고 또 울었다. 강산은 어려서부터 두 살 차이로 초이에게는 다정한 오빠였다. 초이가 책 읽기를 좋아하게 된 것도 강산의 영향이 컸었다. 소화와 초이 그리고 강산은 서로 벗이 되어 의지하며 성장했다. 꽃처럼 눈부시게 피어나는 초이에게 오히려 아름다운 자신의 젊음은 고통이었다.

초이는 엄격하신 조부와 조모, 그리고 아버지와 새어머니 밑에서 장녀로 모든 가족들의 사랑을 듬뿍 받으며 자라났다. 비록 어머니를 어려서 잃었지만 새어머니의 사랑도 헌신적이었다. 그런 초이에게 하나의 서러움은 결코 강산의 부인이 될 수 없다는 사실이었다. 그 슬픔은 세상의 모든 다른 기쁨들을 삼켜버렸다. 초이는 세상을 다 잃어버렸다. 내던져진 사람이 아니고서는 알 수 없는 참담한 고통을 느끼며 한없는 눈물을 쏟아냈다.

편지

　초이는 행랑어멈을 불렀다. 초이의 집은 강릉의 외진 곳
에 자리했지만 깔끔하고 단정한 사대부 집안이었다. 초이
는 어른들의 눈을 피해 어떻게든 강산을 만나고 싶었다. 한
달 후면 정든 이곳을 떠나 파주로 떠나야 할 몸이었다.

　혼례를 한다는 것은 가문끼리의 약속이었고 거부할 수 없
는 것이었다. 초이 또한 가문의 명예를 신처럼 받들고 살았
기에 숙명처럼 혼인을 받아들였다. 그렇지만 강산을 마지
막으로 만나야 길을 떠날 수 있었다.

　푸른 소매가 더 푸르게 젖어 들었다. 울고 또 울며 몸부림
쳤기에 초이의 몸은 급격히 말라갔다. 그렇지만 초이의 눈
빛은 더 밝고 또렷하게 세상을 보고 있었다.

　한가로운 봄날이었다. 초이는 흰 종이 위에 강산에게 편
지를 쓰고 있었다. 내일 안으로 만나기를 희망한다는 간단
한 서신이었지만 초이에게는 용기가 필요한 일이었다. 조

선의 여염집 규수가 남자에게 만나달라는 편지를 쓴 것이었다. 이런 사실이 알려지면 집안까지 욕을 먹을 일이었다. 조선사회는 비좁고 촘촘했으며 입소문이 빨랐다. 초이는 서신을 쓰고 나서 행랑어멈을 급하게 불렀다.

행랑어멈은 영문을 모르고 달려왔다.

"아씨, 무슨 일이십니까."

초이는 서신을 건네며 조그마한 목소리로 말했다.

"어멈, 이 서신을 강산 도련님께 아무도 모르게 전해주게나. 그리고 꼭 답신을 받아와야 하네."

"네, 아씨 걱정마세요. 제가 답신도 꼭 받아오겠습니다."

행랑어멈은 어머니를 잃은 어린 초이를 젖을 먹여 키운 유모였다. 행랑어멈이 초이의 마음을 모를 리 없었다. 행랑어멈은 초이의 편지를 아무도 모르게 가슴에 품고서 강산의 집으로 향했다.

강산은 책을 읽으며 초이를 생각했다. 얼마 후 혼인을 할 것을 알고 있기에 마음을 정리하려고 애를 쓰며 헛헛한 마음을 서책을 읽으며 위로하고 있었다. 그러나 쉽게 사라지지도 꺼지지도 않는 불꽃이었다. 타오르는 불꽃은 강산의 몸과 마음을 휘감으며 꺼질 수 없는 하나의 빛이 되고 있었다.

조용한 강산의 방문 앞에 자신을 부르는 목소리가 들렸다.

"도련님, 잠깐 뵐 수 있을는지요. 김진사댁 행랑어멈입니다. 긴히 뵈어야 해서 찾아왔습니다."

초이를 모시는 행랑어멈의 목소리였다. 행랑어멈은 강산의 집 노비들과도 친근했고 소화누나를 보러 초이가 자주 놀러 왔기에 드나드는 일이 자유로운 편이었다. 강산은 서책을 덮고 가슴을 쓸어안으며 행랑어멈을 들어오라 말했다.

행랑어멈은 처음으로 강산의 방안으로 들어갔다. 단정하고 깨끗한 방안에 커다란 붓글씨로 쓰여 진 병풍을 뒤로 하고 강산이 앉아 있었다. 강산의 모습은 누가 봐도 대장부다운 대장부였으며 총명한 눈빛이 다정했다.

"자네가 여기는 무슨 일인가. 참으로 해가 서쪽에서 뜰 일이네. 차분한 자네가 이리 급하게 내가 있는 처소까지 오다니..."

행랑어멈은 강산에게 다가가며 누가 들을까 겁을 먹은 목소리로 나지막하게 말했다.

"도련님, 우리 아씨께서 도련님께 서신을 전하고 답신을 받아오라 하셨습니다."

강산은 얼른 서신을 받아들고는 짧은 편지를 읽고 또 읽었다. 자신을 만나고 싶다는 초이의 편지는 강산에게는 상상도 못했던 기쁜 일이었지만, 그 역시 초이의 정혼을 알고 있었기에 초이와 자신의 운명을 한탄하는 수밖에 별 다른 도리가 없었다. 그렇지만 만나야 했다. 초이를 만나지 않고는 자신의 인생이 아무런 의미도 기쁨도 없을 것임을 잘 알고 있었다. 강산은 먼저 건네지 못한 편지를 미안해하며 답장을 썼고 그 동안 행랑어멈은 초조하게 기다렸다.

누구보다도 초이의 마음을 그리고 강산의 아픔을 잘 알고 있는 행랑어멈이었다. 얼마의 시간이 흘렀을까. 강산의 나지막한 목소리가 들려왔다. 행랑어멈은 강산이 부르는 소리에 화들짝 긴장하며 고개를 들었다. 강산은 행랑어멈을 다정한 미소로 바라보며 말했다.

"자네가 초이 아씨에게 내 서신을 전해주게. 참으로 고마우이. 내 이 은혜는 잊지 않을 것이야. 초이 아씨에게 누가 되면 아니 될 것이네. 비밀리에 잘 전해주게"

행랑어멈은 허리를 숙이고 서신을 받아들며 말했다.

"저에게는 오로지 초이 아씨 뿐입니다. 아씨를 모시는 일인데 이런 일로 과분한 칭찬이십니다. 제가 죽는 한이 있더라도 소리가 새어나가지 않게 잘 전하겠습니다. 그럼 이만 가보겠습니다."

행랑어멈은 방에서 나와 쏜살같이 걸어 나갔다. 강산은 멀어지는 행랑어멈의 모습을 보이지 않을 때까지 지켜보고 서 있었다. 해는 기울고 있었고 땅거미가 내려앉았다.

세상은 파랗게 서 있었고 새삼스레 고요했다.

초이는 마당에서 방안으로 방안에서 다시 마당으로 앉아 있지를 못하고 행랑어멈을 기다렸다. 애타게 기다리고 있는데 인기척이 나서 돌아보니 아버지 김진사였다. 김진사는 기침소리를 내며 초이가 서성이는 마당에 같이 서 있었다.

초이의 아버지는 초이의 안색이 어두운 것이 걱정이 되어 딸의 기색을 잠시 살피려 했다. 초이는 마당에서 아버지의 근엄한 눈빛과 마주했다.

"안에 들어가 있지 않고 마당에서 왜 그리 서성이고 있느냐. 내 딸답지 않구나."

"그냥 방안이 답답해서입니다."

"혹시라도 얼마 후에 있을 혼인이 두려운 것이냐."

"아닙니다. 할아버님께서 이미 가문끼리의 약조를 한 것인데 소녀가 그 약속을 두려워할 까닭이 없습니다."

"네 어미가 일찍 죽고 나서 너도 나도 어찌 보면 외롭게 살았는지 모른다."

아버지는 따뜻하게 딸을 바라보고 있었다.

잠시 후 김진사는 마당에 핀 철쭉꽃이 유난히 아름답게 피었다고 생각했다. 자신의 딸 초이의 마음이 어딘가 허전하고 서글프다는 것을 느끼고 있었지만 어찌하겠는가. 조선 땅에 태어난 여자의 숙명이 아니겠는가.

"아직 우리는 깨어있지 못하기에 여자가 공부하는 것도 글을 쓰는 것도 금기시 된 나라이니라. 시집가서 글 쓰고 책 읽는 일로 시부모 공양을 소홀히 해서는 안 될 것이다."

"아버지, 염려하지 마세요. 제가 세상 사람들의 눈과 귀가 어디로 어떻게 향하고 듣는 지 잘 알고 있사옵니다. 제가 딸이라 하나 한미해진 가문을 제 힘으로 일으킬 거예요. 저를 시집보낸다고 생각하지 마세요. 저는 어디에도 가지 않아요. 우리 가문을 위해서 잠시 파주 땅으로 갈 뿐입니다."

"너는 딸로 태어났다. 그 무슨 해괴한 말이더냐. 너의 마음을 모르는 것은 아니나 아무 걱정 말거라. 나의 아픔이, 나의 절망이 내 사랑하는 딸의 절망이 되어서는 안 된다. 내 딸 초이의 행복이 내가 바라는 것이다. 우리는 지금 조금만 잘못 움직여도 밀고와 아첨으로 멸문의 화를 입는 위태로운 시절을 살고 있다. 정신이 제대로 박힌 선비들은 숨어 살아야 하는 것이 숙명이구나."

초이의 눈에는 아버지의 길고 긴 수염이 오늘따라 더 슬픈 굴레로 보였다.

나의 아버지와 할아버지 그리고 나의 가문을 생각한다면, 내 마음속의 연정은 얼마나 사치스러운 일인가. 초이는 아버지가 모함으로 누명을 쓰고 옥고를 치룬 일을 알고 있었다. 청렴하고 정이 많았던 아버지는 나라의 기강이 무너지는 것을 보고만 있을 수 없었기에 뜻을 같이 하는 선비들과 결사조직을 만들었고 그것이 화근이 되어 모진 고문을 당했다.

그 일로 아버지는 다리를 크게 다쳐 불구의 몸이 되었다. 순식간에 집안은 풍비박산이 나버렸다. 그렇지만 가까운 친구들의 구명을 위한 노력으로 겨우 풀려나 이리 세월을 보내고 있었다. 아버지의 몰락은 그대로 집안의 몰락이 되었으며 몸이 약한 어머니는 그 일로 수명을 재촉했다. 어린 초이와 마지막으로 이별하던 날 어머니는 초이의 손을 잡고 미소만 지은 채 아무 말 없이 세상을 떠나갔다. 아첨꾼과 모사꾼들이 득실대는 세상에서 바른 생각과 바른 말을 하려면 때로는 목숨을 걸어야 했다. 세상의 기생충들이 주인 행세를 하며 권력과 재물을 손안에 움켜쥐고 놓지 않았다. 아버지는 그런 세상을 등지고 놓아버렸다. 초이는 메마른 기침을 하는 아버지를 보며 스스로에게 말하고 있었다.

'조선 땅에서 수천 명의 선비들이 개죽음을 당했다. 내 아버지는 겨우 살아남았으나 그렇게 죽은 수많은 원혼들과 남겨진 자식들은 어찌할 것인가. 임금은 무능하다. 임금은 백성을 외면했다. 이 땅에서 제정신을 가진 선비들은 모조리 죽임을 당하는 시대에 내가 서 있다. 나는 어떻게 살아야 하는가. 사랑하는 사람을 위해서 가문을 버리고 세상을 버릴 수는 없는 일이 아닌가. 그분을 잊어야 하는 것이 나의 숙명인 것을...'

초이는 메마른 아버지의 얼굴을 보며 뜨거운 분노가 심장을 타게 하고 있음을 느꼈다.

'나는 아버지처럼 세상을 등지고 살지 않으리라. 세상을 바꾸리라. 어떻게 해서든 아귀처럼 백성들의 피를 빨아먹는 저들을 보고만 있지 않으리라. 내 어머니를 고통으로 죽

인 자들... 내 저들을 결단코 용서하지 않으리라.'

초이의 가슴에는 까맣게 탄 검은 숯덩이가 심장이 되어 뛰고 있었다. 살아도 사는 것이 아니라 생각했지만 그래도 살아야 했다. 속을 태우고 태워서 남겨진 숯덩이같이 자신의 뜻을 펼치지 못하고 숨다시피 세상과 등지고 살아가는 아버지가 초이에게는 검게 그을린 숯덩이였다. 초이는 아버지의 은둔을 아파했다. 아버지가 너무나 가여웠다. 아버지는 초이의 등을 토닥거리고 안심한 듯 미소를 띠며 사랑채로 들어갔다. 늘 말수가 적은 아버지의 뒷모습을 바라보며 초이는 다시 행랑어멈을 기다리고 있었다.

초이의 심장이 다시금 두근거렸다. 강산 도련님이 나를 외면하고 나의 서신을 외면하지는 않을는지 그것까지도 걱정이 되어 견딜 수가 없었다. 조금 후 대문소리가 들렸다. 초이의 귀와 눈이 반짝 열리고 긴장했다.

행랑어멈이 마당으로 들어오고 있었다. 초이는 어멈에게 달려가 서신을 빼앗듯 들고 방안으로 들어갔다. 초이의 뒷모습을 바라보는 행랑어멈의 눈가에 눈물이 맺혔다. 행랑어멈은 초이가 벗어놓은 신발을 소매 끝으로 깨끗이 닦았다. 그리고는 소중하게 가슴에 품다가 댓돌 위에 가지런히 올려놓았다.

초이는 방안으로 들어와 편지를 펼쳐 들었다. 짧은 편지였다.

'내일 묘시에 묘지연 연못으로 가겠습니다. 오로지 아씨의 행복을 바랄 뿐입니다.'

초이는 강산의 짧은 답신에 가슴이 설레고 터질 듯 기쁘고 슬펐다. 그리고 내일이 오늘로 다가왔다.

새벽녘 연못가는 어둠이 완전히 걷히지 않았지만 신비로운 자태를 드러내고 있었다. 강산이 연못가에 먼저 와서 기다리고 있었다. 강산은 초이의 정혼을 이미 알고 있었고 자신도 초이를 사랑하는 마음을 어찌하지 못하고 늘 먼발치에서 바라만 보고 살아왔다.

잠시 후 초이가 어둠속에서 희미하게 나타났다. 초이가 강산에게 가까이 다가오자 초이의 작은 얼굴이 비로소 온전히 보였다. 초이의 얼굴은 이내 부끄러움으로 붉어졌지만, 강산을 만난다는 설렘으로 화사하게 생기가 돌고 있었다.

초이는 어쩌면 지금이 이번 생에서 강산과의 마지막 만남일지 모른다고 생각했다. 그녀는 자신도 모르게 절박한 심정으로 강산의 얼굴을 똑바로 바라보았다.

강산이 말을 꺼내려는 순간 초이가 먼저 강산에게 말하고 있었다.

"우린 어려서부터 같이 자라고 소화언니와 도련님과 저

는 늘 함께 했지요. 이제 언니가 떠나갔고 다음엔 내가 떠나가고 그리고 도련님도 떠나가실 거예요. 그렇지만 한 번은 꼭 이리 만나야만 한다고 생각했어요. 그래야 후회가 없을 거라 느꼈어요. 우리가 죽은 것도 아니고 살아 있는데도 이렇게 둘이서만 만나는 것은 어쩌면 이번이 처음이자 마지막일지도 모를 일이니까요."

"초이 아씨, 우리의 만남이 설사 이번이 마지막이라 하더라도 나는 내 안에 당신을 영원으로 새겨 놓을 겁니다. 죽어서도 기억할 거예요."

초이는 강산을 쳐다보며 말했다.

"지금 말씀을 부디 잊지 말아 주세요. 도련님의 마음속에 저를 늘 기억해주세요. 설사 죽음의 순간이 오더라도. 그래야만 다음 생이라도 기약할 수 있을 거 같아서요."

두 사람은 서로를 깊이 바라보고 또 바라봤다. 마치 시간이 멈춘 것 같았다. 그렇지만 이별의 순간은 어김없이 다가왔고 두 사람은 떠나야 했다. 그것이 정녕 마지막 만남일지, 아니면 언젠가 다시 만날 수 있을지 아무도 알 수 없었다.

강산과 묘지연에서 헤어진 후 그렇게 시간이 흘러갔고 결혼식 날이 되었다. 초이는 뽀얀 두 뺨에 연지 곤지를 찍고 혼례복을 입고 앉아 있었다. 길상문을 아름답게 수놓은 붉은색 활옷을 입고 영롱한 화관을 쓰고 도투락댕기를 늘어

뜨렸다. 수모는 정성스럽게 초이의 얼굴을 매만지고 화장을 했다. 초이는 아무 말 없이 그렇게 앉아 있었다.

초이는 신랑을 본 적이 없었지만 어려서부터 정혼을 하고 지낸 터라 오랫동안 신랑에 대한 이야기는 많이 들어왔다. 두 사람의 혼례식은 마을 사람들이 몰려와 축제처럼 흥겹게 치러지고 있었다. 모두가 들뜬 마음으로 마음결 고운 초이 아씨의 행복을 기원했다. 초이 아씨는 마을 사람들에게 사랑이고 자랑이었다.

모두의 축복 속에 치르는 혼례였지만 초이는 아무도 모르게 눈물 흘리며 자신의 결혼식을 지워버리고 싶은 심정으로 앉아 있었다. 두 사람의 수모는 초이를 바라보며 만족스러워했다. 나이가 조금 더 들어 보이는 수모가 다정하게 말했다.

"아씨, 제가 지금껏 한양에서 내로라하는 사대부 집안 신부님들의 수모를 해왔지만 초이 아씨처럼 어여쁘신 분은 처음이에요. 제가 옆에서 잘 모실 것이니 아무 걱정 하지 마시어요."

"…"

초이는 신부를 도와주러 한양에서 올라온 수모에게 고개를 끄덕여 보이고 말이 없었다. 이제 일어나서 식을 올려야 했기에 초이는 남몰래 숨을 크게 들이 마시고 밖으로 나갔다. 양옆에서 수모가 초이를 거들었다.

초이는 이 세상 그 누구보다도 아름다운 신부였다. 혼례복을 입은 초이의 모습은 하늘 여인이 세상에 내려와 사람들을 마주하는 듯 고귀하게 빛나고 있었고 그런 초이의 모습을 먼발치에서 강산이 보고 있었다. 강산의 눈가에 눈물이 고였지만 강산은 소매 끝으로 눈물을 닦아낸 뒤 뒤도 돌아보지 않고 바람처럼 떠나버렸다.

스산한 바람

임진왜란이 끝났다고 했다. 이제 왜놈들이 물러갔다고는 하지만 여전히 백성들의 고통은 끝이 없었다. 백성들을 괴롭히는 권력의 칼날은 여전히 가진 것 없는 사람들의 심장을 겨누고 있었다.

배고픈 백성들은 살이 뼈에 달라붙고 연이어 죽어 나갔지만 권력은 아랑곳하지 않았다. 오히려 착취와 강탈은 나날이 심해져만 갔다. 미루와 도해는 같은 마음으로 임진왜란이 끝나고 난 뒤 외롭게 서 있는 초이를 보고 있었다. 도해는 어디에 있을까. 아니 강산은....

초이는 평화롭게 보이는 호화로운 대저택에 서 있었다. 초이의 머리카락은 단정하게 빗질 되어 있지 않았고 힘들게 일한 사람처럼 흐트러져 있었다. 아무렇지도 않게 머리를 쓸어 올리는 초이의 손길은 무척이나 바빠 보였다. 초이는 곳간에서 쌀가마니를 확인하고 있었다. 곳간에 있는 다른 곡식들도 확인 중이었다. 머리가 희끗한 석종아범이 다른 노비들과 함께 초이에게 다가와 허리를 굽히며 말했다.

"마님, 곳간의 쌀을 다른 잡곡과 섞어서 풀고 있습니다요. 이곳 파주 사람들뿐만 아니라 경기도 일대의 사람들까지 모여들고 있다고 하옵니다. 길목마다 사람으로 가득하답니다."

초이는 차분하게 석종아범의 말을 듣고 나서 또렷하고 강한 목소리로 말했다.

"아범, 서두르게. 굶어죽는 사람들이 속출하고 있으니. 우리도 곡식을 아껴서 먹도록 하고 아파서 집 앞까지 오지 못하는 사람들, 부모 잃은 아이들은 자네들이 직접 챙기고 내게도 상황을 샅샅이 말해야 하네."

여러 명의 노비들은 초이의 말이 끝나기 무섭게 움직이기 시작했다. 초이는 곡식을 나누어주기 위해 설치한 천막 안으로 들어가서 여러 가지 진행되는 일들을 찬찬히 살피고 세심하게 기록했다.

초이가 이런저런 일들을 하고 있는 중에 시끄러운 소리가 들려왔다. 길상어미의 목소리였다.

"어디 천한 것이 우리 마님을 보려고! 저리 가거라!"

"마님, 마님! 저 단월이옵니다."

길상어미가 막아서고 있는데도 애타게 자신을 부르는 낯익은 목소리, 단월이라는 이름에 설마하는 마음으로 초이는 하던 일을 멈추었다.

"길상어미는 그 사람을 내게 데려오게."

"네. 마님."

검게 그을린 얼굴에 세상풍파를 머리에 이고 선 듯 애처로운 모습으로 한 여인이 다가오고 있었다. 그녀는 초이에게 절을 올렸다. 불어오는 바람에 실려 온 흙먼지가 그녀의 얼굴을 더욱 어지럽게 했지만 초이는 그녀를 본 순간 놀랍고 반가운 마음에 얼른 그녀의 손을 잡아 일으켜 세웠다. 허름한 옷차림에 영락없는 거지꼴이었지만 소화언니를 모셨던 몸종 단월이가 분명했다. 초이는 단월이를 보자 소화언니의 안부가 궁금하고 걱정이 되어 다급하게 하던 일을 중단하고 대문으로 들어섰다.

단월이의 눈앞에 위풍당당하게 서 있는 솟을대문은 위압적이었다. 그렇지만 초이의 모습은 세월이 흘러서도 여전히 다정했기에 그녀는 깊은 숨을 몰아쉬며 조심스레 초이의 뒤를 따라갔다. 단월이의 안도와 초이의 불안이 교차했다. 중문을 건너가면서 초이는 걱정으로 발걸음이 무거워졌다. 단월이가 몹시 반갑기도 했지만 왠지 불길한 느낌을 지울 수가 없었다. 단월이는 소화의 몸종으로 지내면서 소화에게 글을 배웠다. 아마도 단월이는 글공부를 한 최초의 여성 노비일 것이다. 소화는 늘 단월이의 총명함을 아껴 노비로 대하지 않았다. 언제나 관습과 차별에 저항하며 스스

116

로의 신념을 실천했던 소화였고, 주인을 충심으로 모셨던 단월이었다.

그런데 단월이가 너무나 초라한 행색으로 이렇게 자신을 찾아온 것이다. 초이가 먼저 안채로 들어갔고 단월이가 뒤를 따랐다.

초이는 눈 하나 꿈쩍이지 않고 긴장한 기색으로 단월이를 보고 있었다. 단월이는 초이에게 절을 올렸다. 가까이서 보니 단월이의 얼굴은 고통이 지나간 흔적이 깊게 새겨져 있었다. 오랫동안 굶은 사람처럼 핏기없이 메마르고 거친 살가죽과 부르튼 입술, 부어오른 눈두덩이로 예전 단월이의 생기 있던 모습은 완전히 사라진 상태였다. 단월이는 피죽도 못 먹은 노파의 모습으로 앉아 있었다. 단월이의 행색에 초이는 알 수 없는 불안함과 초조함을 느꼈다. 초이가 걱정스러운 목소리로 말했다.

"그래, 내 너를 소화 언니 집에서 자주 보았던 기억이 나는구나. 반갑구나. 무슨 일로 나를 찾아왔느냐. 소화언니는 잘 계시느냐?"

"네 마님, 저 단월이옵니다. 저의 마님은 한 달 전에 세상을 떠나셨습니다. 돌아가시기 전, 마님께 전하라는 유서가 있었기에 이리 찾아왔습니다."

단월이의 말이 떨어지는 순간, 초이는 눈물을 참기 위해 주먹을 쥐었다. 그렇지만 쉴 새 없이 초이의 뺨 위에 눈물이 흘러내렸다.

"소화언니는 그렇게 쉽게 세상을 떠날 분이 아니셨다. 무슨 일인가. 내게는 솔직히 있는 그대로 말하거라."

단월이는 입술을 지그시 깨물고 나서 눈물을 삼키며 말했다.

"마님, 주인나리께서 허락을 해주지 않으셔서 도망쳐 나왔습니다. 저는 도망노비가 되었어요. 그렇지만 우리 마님의 유서를 전하지 않고서는 잠을 잘 수도 숨을 쉴 수도 없었습니다. 우리 마님께서는 혼인하시고 한시도 편한 날이 없으셨어요."

단월이의 여윈 얼굴은 고통으로 일그러졌다. 잠시 말을 잇지 못한 채 방바닥을 뚫어져라 쳐다보던 단월은 분노에 찬 목소리로 천천히 말문을 다시 열었다.

"주인나리는 기생들을 찾아다니느라 집에 잘 들어오지 않으셨습니다. 어쩌다 가끔 집에 오신 날은 행패가 이루 말할 수 없었습니다. 또한 시어머님이신 큰 마님께서는 우리 마님을 미워하시고, 모질게 학대하셨습니다. 지금 그 고통을 어찌 차마 다 아뢸 수가 있겠습니까. 결국 마님께서는 몸에 큰 병을 얻으셨고 낫기를 바라지 않으셨습니다. 병마의 고통과 싸우시다가 죽음을 받아들이셨고 결국에는 곡기를 끊으셨습니다."

"믿을 수가 없구나. 언니가 그리 참혹하게 돌아가셨다니!"

"소화마님께서는 마님과 동생께 유서를 남기셨습니다.

제게 꼭 전해 달라 말씀하시고 이승을 떠나셨습니다. 동생이신 강산도련님이 과거에 장원 급제하시어 평안도에 부사로 가 계십니다. 도련님께서는 마님의 장례식 날 오셔서 통곡하셨습니다. 마님의 유서를 품에 안고 평안도로 다시 가셨는데 누구보다 다정한 오누이로 사셨으니 그 슬픔이 크고 깊으실 것입니다.”

“아직 언니의 나이가 너무 젊은데 이리 요절을 하시다니...”

“...”

“그동안 너의 고초가 이루 말할 수 없이 컸구나. 언니를 지키기 위한 너의 마음이 고맙구나.”

“마님, 도망노비를 숨기시면 마님께도 해가 될 것이니 저는 다시 길을 떠나겠습니다.”

“아니다. 내가 알아서 할 것이니 내 집에서 기거 하거라. 너의 주인께 연통을 넣어서 아무리 황당한 요구를 하더라도 단월이 너는 내가 거둘 것이야.”

“마님...”

단월이의 참았던 눈물이 폭포수처럼 쏟아졌다. 단월이는 손등으로 연신 눈물을 훔치다가 더러워진 손을 치마에 문지르더니 소중하게 간직했던 편지를 품안에서 꺼내어 초이에게 올렸다.

초이는 소화의 죽음을 믿을 수 없었다. 늘 담대했던 초이

지만 친언니처럼 따르고 사랑했던 소화의 죽음을 받아들여
야한다는 사실에, 편지를 든 두 손은 사시나무 떨듯 심하게
떨렸다. 초이의 굵은 눈물이 치마폭에 떨어지기 시작했다.

사랑하는 초이에게

초이야, 우리가 함께 강릉에서 살던 때가 그립구나.

우리는 늘 다정한 자매였지. 나는 혼인하고 나서 사랑하지 않는 사람과
살아야 했고 들을 수 없는 비난을 듣고 온갖 모멸을 당하면서 그래도 어린
딸을 키우며 어떻게든 살아보려 했단다.

그렇지만 사랑하는 딸마저 역병에 걸려 저승길로 가버렸고, 나도 이제는
내가 온 곳으로 다시 돌아가려해. 난새를 황금 줄에 매단 아름다운 가마를
타고 하늘을 날아다니던 곳이 내가 살던 곳이니 내가 가는 길을 걱정하지
말길 바래.

나는 스스로 생을 마감한 것이 아니라 이미 몸에 병이 깊어 생이 마감되
고 있는 거야. 내가 나의 운명을 알기에 생명을 연장하기 위해 사력을 다
하지 않았을 뿐 이번 생에서 나는 진정 살려 했고, 찬란하게 살았단다.

비록 모두가 나의 죽음을 불쌍한 여인의 죽음이라고 생각하더라도 우리
초이만은 나의 죽음을 찬란한 죽음이라고 생각하길 바란단다.

너를 만나서 참 고마웠어. 우리는 서로가 서로를 깊이 느끼고, 사랑하며
함께 했었지. 나의 죽음을 다른 사람으로부터 전해 듣기를 바라지 않아서
편지를 쓰고 있단다.

초이야, 나는 살기 위해 노력했고 절망 속에서도 순간순간을 아름답게
살려 했어. 이 세상에 태어나 만났던 모든 생명들에게 마음으로 작별인사

를 건넸단다.

　다시 한 번만 인간으로 태어나고 싶구나. 다시 인간으로 태어난다면 진정으로 사랑하는 사람을 만나 머리에 화관을 쓰고 가장 아름다운 치마를 입고 얼굴에는 화사하게 분을 바르고 그 사람과 사막을 가로질러 서역으로 가고 싶구나.

　이제 이곳에서 나의 생명이 얼마 남지 않았어. 마지막 인사를 할게.

　초이야, 부디 어떤 어려움이 오더라도 굴하지 말고 순간순간을 사랑하고 진심으로 잘 살다가 하늘에서 만나자. 내가 먼저 가서 기다릴게.

　초이는 소화의 유서를 펴든 채 단월이에게 잠시 물러가라 이르고 한동안 움직이지 않았다. 밤이 되어 행랑어멈이 저녁상을 방안으로 들이려 했지만, 초이는 방안으로 아무도 들어오지 못하게 하고 꼼짝하지 않았다. 외로운 등불만이 초이와 밤을 지새웠다.

　갑자기 소화의 난꽃 향기가 초이의 방에 퍼지는 듯했다. 초이는 자신의 남편을 생각했다. 자신의 남편도 소화언니의 남편과 다를 바 없는 사람이었다. 신야라는 기생이 첩으로 들어와 남편의 사랑을 믿고 온갖 패악질을 부렸다. 시아버지의 사랑과 믿음으로 초이는 집안의 대소사를 관장하는 권한을 누릴 수 있었지만, 시아버지가 아니었다면 자신의 운명도 소화언니와 같았을지 모를 일이었다.

　다음날 초이는 아침 일찍 단월이를 다시 불러서 소화가 살아 있을 때의 이야기를 듣고 또 들었다. 조금 후 인기척

소리가 들렸다. 남편의 첩으로 늘 분란을 일으키는 신야였다. 입가에는 늘 야비한 웃음을 지으며 말로는 세상의 도덕을 앞세우고 자신을 호사스럽게 치장하는 여자였다. 신야의 옆에는 신소라고 하는 귀신같은 무당이 뒤를 봐주고 있었다. 두 사람은 자매였으며 신소는 기도가 잘 듣는 무당으로 일대에 소문이 자자했다.

신야는 방 밖에서 초이에게 말했다.

"소첩 신야이옵니다. 마님께서 아침부터 바쁘셔서 이제야 문안 인사를 올리러 왔습니다."

단월이는 잠시 긴장하는 모습이었다. 초이는 단월이에게 앉아 있어도 좋다고 말하고 신야를 들어오게 했다.

신야는 머리를 온갖 보석들로 장식하고 호사스러운 옷차림으로 바삭바삭 소리를 내며 들어왔다. 집안을 사실상 통솔하고 있는 안방마님인 초이의 옷차림은 단정하지만 소박했다. 신야는 요사스러운 웃음을 흘리며 말했다.

"마님, 손님이 계시는데 제가 혹여 방해가 되지 않을지 염려되옵니다. 요즘 백성들에게 곡식을 나누어 주신다 들었습니다. 서방님께서는 매우 언짢아하십니다. 요즘 술을 더 많이 드시고 낮이 밤이 되도록 일어나지도 못하시니 참으로 답답한 일이 아닙니까."

초이는 신야의 말을 미소를 띠며 듣고 있었다. 비웃음을 흘리고 있는 신야를 가만히 쳐다 본 초이는 차갑게 말했다.

"서방님께서 매일 술을 드시고 잠만 주무시는 일을 내

탓이라 말하러 온 거로군. 감히 내게 시시비비를 따지겠다는 것인가. 자네는 자네 할 일만 하면 될 것이야. 곡식을 풀 건 말건 그것은 자네가 입에 담을 일이 아니네!"

초이의 서릿발 같은 질책에 신야는 몸을 납작 엎드리며 단월이의 행색을 몰래 곁눈질했다. 혹시나 꼬투리를 잡아낼 것은 없는지 알아내고자 들어왔던 터라 처음 보는 낯선 노비의 모습을 어느 것 하나도 놓치지 않고 순식간에 훑어 내렸다.

초이는 차가운 눈으로 신야를 바라보며 말했다.

"나가보게. 앞으로는 내가 부르기 전에 내 처소에 발을 들이지 말도록 하게."

신야는 초이가 이리 차갑게 말할 때는 그 다음이 있다는 것을 알고 있었다. 초이는 고분고분한 대가집 마님이 아니었다. 집안 노비들부터 마을 사람들까지, 이 지역 사람들 모두가 초이를 공경했다. 초이를 모시는 마음이 모두가 극진했다. 초이는 자신을 내쫓을 수 있는 힘을 가진 사람이었다. 첩으로 밀고 들어온 것도 남편의 힘이 아니라 초이가 눈감아주었기 때문에 가능한 일이었음을 신야도 잘 알고 있었다.

신야는 조그마한 목소리로 기세에 눌려 대답했다.

"네 마님, 분부대로 하겠사옵니다. 부르시지 않으면 소첩 마음대로 마님 처소에 오는 일은 없을 것이옵니다. 노여움을 푸시옵소서."

초이는 신야에게 선선하게 웃으며 말했다.

"서방님께 이르시게. 내일 스승님을 뵈러 가야 하니 일찍 준비하시고 안채로 오시라 하게. 늦으시면 안 될 것이라 이르게나. 그만 가보게"

"네. 마님!"

단월이는 초이가 첩실을 다루는 모습을 모습이 놀라울 뿐이었다. 정실부인이라 하더라도 소화마님은 이 눈치 저 눈치 보고 살아야 했는데 초이는 당당할 뿐만 아니라 거침이 없었다.

초이는 따뜻한 눈으로 단월이를 보며 말했다.

"자네, 우리 집에 행랑어멈이 있으니 얼마나 다행한 일인가. 행랑어멈이 자네를 잘 챙겨줄 것이니 불편한 점이 있으면 행랑어멈에게 말하도록 하게나. 소화언니의 유서를 들고 온 자네의 고마움을 내 잊지 않을 것이네. 오랫동안의 고생을 잊고 좀 쉬도록 하게."

단월이의 어깨가 흔들렸다. 잠시 후 굵은 눈물이 쏟아졌다.

"마님, 제가 마님을 모실 수 있게 해주셔서... 어찌 이 은혜를 갚을 수 있겠사옵니까..."

"나를 믿고 조금만 기다리게. 그 사이에 몸을 회복하고..."

"네. 마님"

단월이는 소매로 눈물을 닦으며 초이의 얼굴을 올려보았

다. 여전히 맑고, 여전히 따뜻한 초이의 눈빛은 아직도 어린 날 초이의 얼굴을 그대로 간직하고 있었다. 당당하던 초이의 눈은 소화를 잃은 슬픔으로 푸르게 젖어있었다. 단월이는 소화 아씨와 초이 아씨를 모시던 때를 생각하며 방에서 물러났다.

초이는 아무도 없는 방안에서 소리죽여 울기 시작했다. 그리고는 정신을 차린 듯 방안에 초 두 자루를 켜고 오른손으로 향을 들고 왼손으로 받쳐서 정성으로 향을 살랐다. 소화를 위한 장례식이었다. 초이는 가장 아름다웠던 시절로 돌아가 소화의 모습을 기리며 절을 올렸다.

"소화언니, 참으로 보고 싶습니다. 인간세는 더럽고 치졸한 곳이니 언니와는 맞지 않았어요. 언니가 오셨던 천상으로 오르셔서 행복하게 좋은 배필도 만나시고 마음껏 사랑도 하면서 즐겁게 사세요. 언니를 사랑하는 초이도 가끔은 기억해주시고요. 언니의 마지막을 함께 하지 못해 죄송해요..."

어려서부터 아버지의 고통을 알고 자란 초이는 슬픔을 슬퍼할 줄 몰랐다. 슬프지 않은 척, 아프지 않은 척, 고통도 모르는 듯 그렇게 살아왔다. 하지만 자매와 같던 소화를 잃은 슬픔은 생살을 떼어낸 듯 너무나 아팠고, 너무나 슬펐다.

상처는 깊고 깊게 초이의 가슴을 파고들었다. 이제는 보고 싶은 언니를 다시는 만날 수 없다는 생각에 초이는 넋을 놓고 슬픔에 젖어 들었다. 촛불 사이로 소화의 웃는 얼굴이 초이의 마음을 스쳐 지나갔다.

향은 푸르게 자신의 몸을 태워갔고 촛불은 잔잔히 말이 없었다. 초이 만이 깊은 슬픔으로 울고 있었다. 초이는 소화의 명복을 빌며 하루를 기도로 보냈다.

다음날 단정하게 외출 준비를 한 초이 앞에 남편 지선이 방안으로 들어와 자리에 앉았다. 초이는 옷고름을 매만지며 남편의 얼굴을 바라보았다. 아침인데도 술 냄새가 코를 찔렀고 비쩍 마른 몸이 윤기 없이 푸석거렸다. 지선은 초점이 흐른 눈빛으로 천천히 말을 건넸다.

"스승님께 가야 한다고 들었소. 그게... 내가 요즘 여러모로 바쁜 일이 많아서 어려울 것 같아서... 부인도 알겠지만 과거도 얼마 남지 않아서 공부에 전력을 다해야 하니..."

"지금 바로 출발하셔야 합니다. 저는 스승님께 조선의 아녀자로서는 유일한 제자입니다. 아버님께서도 스승님을 존경하는 마음이 크신 것을 잘 알고 계실 테니, 긴말하지 않겠습니다. 옷가지를 챙겨놓았으니 스승님 댁에서 과거 공부를 하셔야겠습니다. 이것은 아버님의 명이십니다."

아버님의 명이라는 말에 지선은 깜짝 놀랐다. 어젯밤 먹은 술이 확 깨면서 정신이 번쩍 들었다.

"부인 그게... 서두를 일이 아니오. 아버님께는 당신이 말

126

쓰드려 주시구려."

"그럴 수는 없는 일입니다. 이미 아버님께서 스승님께 전
갈을 보내셨습니다."

지선은 초이의 단호한 말투에 꼬리를 내릴 수밖에 없었
다. 마음속으로는 여러 생각들이 불같이 일어났다가 사라
졌다.

'이게 무슨 날 벼락인가. 첩실을 데리고 갈 수도 없고, 스
승님 댁에 가면 꼼짝없이 공부만 해야 할 것인데...'

지선에게는 초이가 부인이라기보다 스승 같았다. 초이의
학식과 자신의 학식은 선비와 어린아이의 대결 같았다. 늘
자신을 내려다 보는듯한 초이에게 지선은 자신의 졸렬함을
들키고 싶지 않았다. 그래서인지 술을 더 찾게 되고 첩실도
들이며 호탕한 척 큰소리를 치고 살았다.

늘 마음만큼은 초이의 남편으로 제대로 살아보고 싶었지
만, 공부에 영 자신이 없던 지선은 과거를 보고 싶지 않아
이 핑계 저 핑계를 대며 스승님 댁으로 가는 일을 미루고
있었다. 그러나 지금 초이의 말을 듣지 않았다가는 아버지
로부터 혼쭐이 날것이 뻔했다. 결국 지선은 가기 싫은 속마
음을 꾹 참고 초이를 따라 나섰다.

대문 앞에는 첩실 신야가 호사스러운 차림을 하고 기다리
고 있었다. 오늘따라 신야의 눈꼬리가 올라가고 얼굴에는
수심이 가득했다. 영악한 신야는 초이를 제거하고 자신이
안방마님이 될 수 있다는 무당 신소의 말을 늘 가슴에 새기

고 있었다.

'언니 신소의 말처럼 분명히 내가 안방마님이 되어야 하
는데...'

자신의 처소로 들어온 신야는 신소와 마주 앉았다. 신소
는 흉물스러운 얼굴에 어려서부터 꼽추였다. 신소의 등은
마치 바구니를 엎어놓은 듯 굽어 있었다. 두 사람이 친자매
라고 보기에는 모습이 너무 달랐지만 분명 배다른 자매였
다. 신야는 방안으로 들어와 신소에게 쉼 없이 투덜거리며
털퍼덕 자리에 앉았다.

"언니, 점괘가 제대로 나오기는 하는 것이오. 어찌 내가
안방마님이 될 수 있겠소. 오늘도 서방님은 쩔쩔매며 마님
을 따라가던데..."

신야의 한숨 소리가 끝나자 신소가 눈을 치켜 올리며 말
했다.

"이 집 마님은 예사분이 아니시지. 그러니 남정네들과 어
울려 나라를 뒤집어엎을 수도 있는 사람이야. 그 때가 기회
가 될 것이야."

"언니는 진정 그런 일이 있을 수 있다고 생각하는 게요?
사대부 여자는 겨우 온천이나 다녀올 뿐, 어디 구경이라도
나가려면 치사하고 구차한 일도 겪어야 하는 나라인데 어
찌 아녀자가 남정네들과 어울린다 말이오. 나 같은 기생도
아니고..."

"이것아, 이 신소가 그리 점괘를 잘 맞추는데도 너는 나

를 모르겠느냐. 나는 최고의 무당이거늘"

신야는 신소의 말을 듣고 흐릿하게 웃고 있었다.

"이상한 일이나 말도 안 되는 일은 혼자서 다하는 마님이시니 언니 말에도 일리가 있소. 곡식을 풀어 무지렝이들에게 나눠주는 미친 짓도 서슴지 않으니... 언니 말이 맞을 것 같소. 내 신소언니만 믿을 것이니"

신야는 생각할수록 기분이 좋아졌다. 조선이 어떤 나라인가. 여자가 나라를 생각한다는 것이 또한 얼마나 기괴한 일인가. 그렇지만 안방마님이란 사람은 온천구경 가서 회포를 푸는 일 따위에는 관심이 없었다. 여자인데도 쓸데없이 글공부에 매달리고 마을 사람들의 생계를 챙기기까지 했다. 저렇게 황당하기 그지없는 사람이 이 집안의 마님이니 이 얼마나 좋은 기회인가. 신야는 자신도 모르게 터져 나오는 웃음을 참을 수 없었다. 신야의 방 밖으로 흘러나오는 웃음소리는 사람의 웃음소리가 아니었다. 여우의 괴기스러운 신음소리였다. 신야와 신소는 언젠가 오고야 말 초이의 제삿날을 기다리며 저주스러운 웃음을 웃고 있었다.

초이는 남편 지선을 스승 댁에 남겨놓고 홀가분한 마음으로 가마를 타고 오고 있었다. 곡식을 얻기 위해 백성들이 자신의 집 앞에서 길게 줄을 서 있었다. 초이는 그들의 모습을 보며 한편으로는 안도하면서도 다른 한편으로는 가슴이 저려왔다.

"어찌하나. 이렇게 참혹한 삶을 어찌하나. 시신까지 먹는다는 소문이 나돌 만큼 사람들이 굶주리고 죽어 가는데 이 일을 어찌하나."

비참하게 야위고 비틀어진 사람들이 줄을 서서 곡식을 얻어갔다. 곡식을 받고 나면 세상을 다 가진 듯 백성들은 안도하고 행복해했다. 늘 뺏기기만 하고 살아온 백성들에게도 아무것도 바라는 것 없이 주는 사람이 있었다. 자기 것을 흔쾌히 내어주는 초이 마님은 나랏님보다 더 귀한 사람이었다.

초이를 알아 본 백성들은 그녀를 향해 절을 올렸고 초이는 가마에서 내려 일일이 사람들과 눈을 마주치며 부드럽게 미소 지었다. 집안의 노비들도 모두가 초이와 한 마음으로 곡식을 나누어주고 사람들을 챙겼다.

안방으로 돌아온 초이는 가만히 앉아서 강산을 생각했다. 서로가 다른 사람과 혼인한 뒤로는 한 번도 만난 적이 없었다. 강산은 초이를 까맣게 잊었을 것이 분명했다. 이제는 초이의 이름조차 잊었을지 모른다고 생각했다. 그렇지만 소화언니가 생을 마감했다는 소식을 들은 뒤로, 강산에 대한 걱정으로 초이는 가슴이 떨려오곤 했다.

초이는 세상을 뒤엎으려는 강산의 기개를 잘 알고 있었다. 어수선하고 섬뜩한 세상에서 아부도, 아첨도 하지 못하는 강산이 조정의 대신들에게 미움을 받을 것은 자명했다.

어쩌면 벌써 평양부사라는 지위를 이용해 세력을 모으고 있을지도 모를 일이었다.

강산에게는 여러 소문들이 꼬리표처럼 따라다녔다. 술과 여자에 미쳐서 산다는 소문을 비롯해 입에 담을 수도 없는 해괴한 소문들까지 초이의 귀에 들려왔다.

그러나 강산의 성품을 잘 알고 있던 초이에게는 강산에 대한 이상한 소문들이 마치 치밀한 위장술처럼 느껴졌다. 소문이 험악할수록 오히려 강산의 고독한 심경이 초이의 눈과 마음으로 들어왔다. 마지막 헤어지던 날, 강산의 깊고 우수에 찬 눈빛이 초이의 마음을 아직 흔들고 있었다. 강산의 눈빛은 가끔은 커다란 쇠북종이 되어 초이를 안절부절 못하게 할 때도 있었다. 사무치는 그리움으로 눈가가 젖어 든 초이는 혼잣말처럼 중얼거렸다.

'소화언니를 그리 외롭게 떠나보냈는데... 강산도련님도 위태로울 수 있어... 이제는 부사나리가 되셨다고는 하지만 너무 위험해.'

해가 어느덧 뉘엿뉘엿 서산으로 지고 있었다. 까마귀 소리가 새삼스럽게 멀어지는 저녁해와 작별하듯 사무치게 울어대고 초이의 얼굴에도 검은 그림자가 드리워졌다. 초이는 무거운 마음으로 시아버지에게 저녁 문안 인사를 하러 들어갔다. 시아버지는 매사에 엄격하고 까탈스러운 성격이었지만 며느리인 초이에게 만큼은 다정했다.

방안으로 들어가니 시아버지는 읽던 책을 내려놓고 미소를 지으며 말했다.

"아가, 잘 다녀왔느냐. 지선이가 고분고분 말을 잘 듣고 공부를 한다고 하더냐."

"네 아버님, 아무 걱정하지 마십시오."

"요즘 네 안색이 안 좋아 보이는구나. 어디 불편한 데라도 있는 것이냐? 혹시라도 아이가 생기지 않아서 걱정이 큰 것이냐?"

"제가 시집온 지 오래되었는데 이렇듯 자식을 생산하지 못하니 지은 죄가 크고 크옵니다. 이미 칠거지악을 지은 것이니 아들을 낳지 못하는 저 대신 다른 방도를 찾으셔야 하지 않겠습니까."

"며늘 아가, 너의 나이 아직 창창한데 무슨 말이더냐. 기다려보자."

시아버지 최이호는 정승의 반열에 올랐지만 파렴치한 권력자가 아니었다. 늘 사람들에게 관대했고 특히나 며느리인 초이를 딸처럼 아꼈다. 최이호의 믿음 덕분에 초이는 시집와서 험난한 시집살이를 견디며 시아버지에게 인정받고 집안의 재물을 관리하며 가산을 크게 늘릴 수 있었다. 최이호는 며느리의 재주를 알고 있었고, 아들보다 뛰어난 며느리의 재능을 아까워했다. 시어머니는 몸이 좋지 않아 늘 병석에 누워 있었지만 초이의 간절한 보살핌을 느끼며 초이에게 살림을 맡긴 것을 후회한 적이 없었다.

초이는 재물을 늘리는데 있어서 수완이 남달랐을 뿐 아니라 공부도 게을리하지 않았다. 농사에 대한 공부는 물론이고, 심지어는 소가 아팠을 때 치료하는 법까지 터득해 나갔다. 결국 집안 살림은 날로 윤택해졌다.

그리고 전쟁과 흉년으로 백성들이 굶주리게 되자 기꺼이 곳간을 풀어 가까이 사는 백성들부터 살리고자 했다.

스산한 바람이 불어왔다. 깊은 밤 초이의 방안에는 불이 꺼지지 않았다. 등불이 외롭게 타고 있었다. 초이는 등불을 바라보며 혼자서 수심 깊은 밤을 보내고 있었다.

'나의 외로움이 이제는 나의 친구가 되었으니 더 이상 외롭지 않구나. 소화언니는 하늘에서 나를 지켜보고 계실거야.'

초이는 눈을 감고 고요히 생각에 잠겼다.

그 때 밖에서는 누군가의 분주함이 있었다. 무당 신소가 무엇인가를 손에 들고 두더지처럼 마당을 기어 안방 근처를 염탐했으나 행랑어멈과 단월이가 초이의 방 앞을 지키고 있는 것을 보고 돌아가야 했다. 단월이는 행랑어멈과 호흡이 잘 맞았고 눈치가 빨라서 초이가 말을 건네기도 전에 대부분 초이의 가려운 구석을 미리 해결했다. 무엇보다 몸이 빠르고 기민했다.

신야는 신소가 힘없이 들어오자 불같이 화를 냈다.

"길거리에서 죽은 자의 흉물을 구해왔는데 빨리 마님 방 앞에 묻어야 할 것이 아니오. 언니는 어찌 그리 답답하오. 다시 들고 오면 어찌하오. 속이 터질 노릇이 아니오."

"늘 마님을 지키고 있는 행랑어멈이 있으니 어찌하겠느냐. 이제는 단월이란 것까지 지키고 있으니..."

"언니, 이렇게 기다릴 수만은 없는 일이 아니오. 아이구 답답해라."

"걱정마라. 내가 낮이라도 아무도 없는 틈을 타서 원귀가 되었을 죽은 자의 머리카락을 묻어 놓을 테니"

"언니, 내가 빨리 이 집안의 마님이 되어야 할 것이 아니오. 한시가 급하오."

"너는 아이도 낳지 못하는 마님을 대신해서 아들 낳을 생각만 하거라. 그리되면 모두가 너의 것이 될 테니까."

"내 꼭 아들을 낳을 것이오. 무슨 일이 있어도 떡두꺼비 같은 아들을 낳아서 이 집안을 내 것으로 만들고 살 것이오."

신야는 마치 아이를 가진 것처럼 소중하게 자신의 배를 쓰다듬었다.

"언니가 굿이라도 해서 내게 아들을 점지해 달라 빌어주오."

"그래, 그래야지. 나는 이만 내 집으로 돌아가야겠구나."

"서방님도 안계신데 서두르지 말고 내일 가시구려. 오늘
은 나랑 같이 얘기나 나누면서... 아무도 내가 있는 처소에
는 잘 들어오지 않으니."

"그래 그래, 오늘은 자고 가마."

"언니는 내가 아들을 생산할 수 있게 온 정성을 기울여야
하오."

신소는 신야의 말에 고개를 끄덕이고 알 듯 모를 듯 웃었
다. 그날 밤 신야와 신소도 초이를 죽이고 싶은 생각으로
잠을 이루지 못했다. 그렇게 한밤이 길게 흘러갔다.

악연

한해가 지나고 있었다. 초이는 시어머니가 돌아가시고 이어서 시아버지까지 돌아가시자 초상을 두 번이나 치르고 이제는 집안의 최고 안주인이 되었다. 초이에게는 집안을 책임지는 일이 더욱 막중하게 느껴졌다. 늘 그렇듯 초이는 오늘도 들판에 나가서 곡식들이 여물어가는 것을 바라보고 돌아왔다. 조선의 사대부 부인들은 밖에 나가서도 안 되고 설사 구경을 나간다고 하더라도 가마의 창을 통해 살짝 보기만 하고 돌아왔지만 초이는 예법에 매이지 않고 들판으로 나가서 일일이 농사일까지 챙겼다.

그동안 신야는 아들을 낳았다. 최씨 집안에 큰 경사가 났다며 돌아가신 시아버지도 기뻐했었다. 신야는 아들을 낳은 이후 오만방자함이 하늘을 찌르고 있었다. 지선은 신야가 첩실이기는 하나 아들을 낳았으니 그에 맞는 대접을 해야 한다고 하여 신야의 처소를 집안의 크고 좋은 별당으로 옮기게 했다. 신야는 별당의 작은마님이 되어 아들을 품에 안고 큰소리를 치며 살 수 있었다.

신야는 초이가 살아있더라도 이제는 내 세상이 되었다고 생각했다. '내게는 아들이 있지 않은가. 마님은 아들도 못 낳는 여자가 아니던가. 내가 이긴 것이야. 아들을 낳은 내가 이 집안의 안방마님이나 다름이 없어.'

그렇지만 신야의 행복은 오래가지 못했다. 그해 여름 역병이 마을을 덮쳐서 백성들이 죽어 나갔다. 신야의 아들도 역병에 걸린 지 두 달 여 만에 세상을 떠나고 말았다. 초이가 의술이 가장 훌륭하다는 의원들을 불러서 신야의 아들을 살리려 했으나 귀한 약재도 효험을 보지 못했다.

지선은 아들을 걱정하며 매일 잠들지 못했다. 가을날 쓰디 쓴 찬바람이 불어오던 날, 어린 아이는 숨을 거두었다. 지선은 아들의 죽음 앞에서 비통하게 울었다.

놀라운 것은 신야였다. 신야는 꼬박 사흘을 울더니, 아들을 무덤에 묻고 돌아오자마자 상복을 벗어버렸다. 며칠 전 자식을 잃은 어미라고 볼 수 없을 만큼 화려한 화장을 하고 보석으로 치장했다. 그리고 지선에게 닦달하듯 매달리며 임신을 서둘렀다.

지선은 그런 신야가 무서워졌다. 같이 술자리를 하다가도 신야의 음흉한 미소와 눈초리를 대할 때는 예전의 흥이 살아나기는커녕 도망가고 싶기까지 했다. 그날 밤도 신야는 잔뜩 교태어린 미소로 띠며 지선에게 말했다.

"소첩은 이제 사는 낙이 없습니다. 서방님이 그래도 늘 저를 아껴주시니 그 기쁨으로 살고 있지요."

"아들을 잃고 너나 나나 허전하기는 같은 마음일 게다."

"그러니 제가 아들을 다시 낳으려 애쓰는 겁니다. 이 모든 일이 서방님을 위해서이고 대를 잇기 위해서죠, 마님께서는 아이를 못 낳으시니... 게다가 저를 싫어하셔서 개 보듯 하시니까요."

"..."

"제가 아들을 다시 낳는다 한들 서자로 살아야 하지 않겠습니까. 미리 제가 정실부인이 되어야 태어날 아들도 서자 꼴을 면할 것이 아닙니까."

"말이 지나치구나."

"이제 아버님도 어머님도 아니 계시니 서방님이 마님을 내쫓으시면 될 일입니다. 칠거지악 중 하나가 아들을 못 낳는 일인데 이참에 쫓아내 버리세요. 무엇이 그리 두려우십니까!"

"..."

지선은 갑자기 자리에서 일어났다. 신야는 지선의 차가운 얼굴에 놀랐으나 한번쯤은 겪어야 될 일이고 더 이상 늦출 일도 아니라고 생각했다. 신야는 지선의 다리를 붙들고 울면서 하소연했다.

"이리 가시면 안 됩니다. 제가 지금 당장 그리 하시라는 것도 아니고요. 서방님께서 이제는 마음을 단단히 하셔야 된다는..."

"..."

 신야는 지선의 동태를 살피며 울고 또 울었다. 지선은 예민한 듯 하면서도 둔한 사람이었다. 이리저리 흔들리고 마음이 굳건하지 못했다. 머리로는 옳고 그름을 판단해도 조금만 지나면 모든 것이 희미해졌다. 지선은 마음이 약해졌고 신야에 대한 짜증이 눈 녹듯 녹아내렸다.

 자세히 보니 꽃단장을 하고 울고 있는 신야가 오늘따라 유난히 예뻐 보였다. 지선은 오늘도 우물쭈물 헤매다가 나가지 못하고 다시 주저앉았다.

 지선은 흐릿한 눈으로 신야의 등을 토닥여주며 울지 말라고 달랬다. 그대로 신야를 안고 밤을 보냈다. 신야의 눈빛은 새초롬하게 빛이 났고 지선의 품에 안겨 어찌 하면 초이를 쫓아내 버릴까를 생각하고 또 생각했다.

 그러다가 문득 신야는 가슴이 소용돌이치듯 아파왔다. 가난하게 태어나 부모까지 일찍 여의고 언니와 둘이서 남자들 노리개가 되어 살아왔던 세월이 한스럽게 밀려왔다. 신소언니는 무당이 되었고 자신은 기생으로 팔려갔지만 한 번도 살고자 하는 희망의 끈을 놓은 적이 없었다.

 지선은 자신이 꿈도 꿀 수 없는 남자였다. 인생역전을 했다고 모두가 부러워하지만 어찌 된 일인지 지선의 첩이 된 뒤로도 늘 허기지고 두려웠다. 설사 또 다시 아들을 낳아서 안방마님이 된다 해도 이 두려움과 헛헛함은 자신의 등을 누르고 입을 틀어막을 것이었다. 잠을 잘 때도 누군가 자신의 목을 조르는 것만 같아서 늘 깊은 잠을 자지 못했다.

신야의 낮과 밤

이윽고 거짓말처럼 가을을 지나 겨울이 찾아왔다. 살을 에이는 추위가 여지없이 초이의 집에도 매섭게 몰려왔고 세찬 바람소리와 함께 억센 한기가 휘몰아쳤다. 어찌된 일인지 신소가 어둠속에서 집안을 휘저으며 초이의 처소로 걸어가고 있었다.

신소는 행랑어멈과 단월이가 초이의 심부름으로 집을 떠나서 하룻밤 자고 온다는 소리를 듣고는 살기어린 웃음을 지었다. 신소는 눈엣가시였던 두 여종이 없는 틈을 타서 무엇인가를 도모하려 했다. 깊은 밤 신소는 칠흑같이 검은 치마와 저고리를 입고 무엇인가를 손에 들고 방안에서 나왔다. 어둠처럼 걷다가 초이의 방 앞에 잠시 머물더니 마루 밑으로 손을 뻗어 흙을 파내기 시작했다.

살쾡이같이 어둡고 칙칙한 푸른빛이 신소의 눈에서 흐르고 있었다. 두 손을 바짝 오그리고 손톱의 날을 세워 정신없이 땅을 파고 가지고 온 것을 깊게 묻었다. 신소는 주위를 두리번거리며 아무도 없는지를 확인하고 자리에서 후다닥 일어나 어둠 속으로 달려갔다.

그러나 신소의 바램과는 상관없이 어둠 속 저편에서 누군가 치를 떨며 이 일을 지켜보고 있었다. 단월이었다. 단월이와 행랑어멈은 초이의 심부름이 생각보다 일찍 끝나 초저녁에 집으로 들어와 있었다. 단월이는 바람처럼 날렵하게 달려가 신소의 목덜미를 휘어잡았다. 그리고는 외마디 비명처럼 날카롭게 소리쳤다.

"우리 마님께 무슨 해코지를 한 것이냐. 내가 늘 마님을 지키고 있거늘! 너 같은 잡년 따위가 우리 마님을 헤칠 수 있다고 생각한 것이냐."

"생사람 잡겠네. 아이구 아이구... 이거 놓지 못해. 이거 놔라..."

시끄러운 소리에 하인들이 뛰쳐나왔고 방안의 불이 켜졌다. 초이가 자고 있던 안방에서도 따뜻한 온기처럼 불빛이 켜지고 문 열리는 소리가 들렸다. 초이는 단정한 몸가짐을 하고 천천히 문을 열고 밖으로 나왔다. 단월이는 신소를 끌고 와서 초이 앞에 무릎을 꿇렸다.

초이는 담담하게 신소를 보고 있었다. 단월이는 숨을 헐떡거리며 신소가 땅에 묻은 것을 행랑어멈과 같이 파서 꺼내 들었다.

초이가 말했다.

"그 보자기를 열어 보거라."

"네. 마님!"

단월이가 보자기를 열자 그 안에는 시체의 손가락뼈들과 다리뼈가 머리카락과 엉켜서 어지러이 모습을 드러냈다. 행랑어멈은 너무 놀란 나머지 몸이 뒤로 넘어가며 주저앉았다.

"우리 마님을 죽이려고 이런 해괴한 짓을 하다니. 이리 무서운 짓을 하다니..."

어디서 들었는지 별당의 신야가 뛰어 들어왔다. 신발도 신지 못하고 뛰어온 신야를 따라 신야의 몸종이 헐떡거리며 들어왔다. 그리고 그 뒤에는 남편 지선이 어색한 얼굴로 서 있었다.

초이는 아무 말도 하지 않았고 남편의 얼굴도 신야의 눈빛도 보지 않았다. 적막만이 어둠속에서 쉴 새 없이 바쁘게 돌아다녔다. 불안감을 느낀 신야는 얼굴이 푸른색으로 변하더니 부들부들 떨면서 초이에게 말했다.

"마님, 설마 이일을 저에게 물으려 하십니까. 저는 모르는 일입니다. 무당 신소와 저는 관계가 없습니다. 서방님께서도 제가 결백하다는 것을 알고 계십니다. 마님이라 하셔도 저에게 죄를 물을 수는 없을 것입니다."

"..."

"서방님, 마님이 저를 쫓아 내려고 일을 꾸민거예요. 신소와 단월이가 같이 꾸민거라구요."

지선은 부인과 첩 사이에서 갈팡질팡하며 헤매더니 아무 말도 하지 못했다. 지선은 옷도 제대로 입지 못한 자신의 몰골을 비로소 보고 있었다. 짐짓 아무렇지도 않은 듯 옷매무새를 가다듬으며 초이가 서 있는 곳으로 다가갔다. 그리고는 천천히 보자기 안의 흉물을 보고는 외마디 비명을 지를 뻔한 것을 목구멍 안으로 다시 집어넣었다. 지선은 한숨을 쉬듯 말했다.

"어찌 이리 끔찍한 일이 우리 집에 있을 수 있단 말이냐."

지선의 말이 떨어지기 무섭게 단월이가 무릎을 꿇고 말했다.

"신야 저년은 우리 마님을 능멸하고 있습니다. 용서할 수 없는 일입니다. 자신의 죄가 들통 날 것이 두려워 마님에게 뒤집어씌우려 하고 있으니 하늘이 알고 땅이 아는 일입니다. 저는 마님을 지키기 위해 밤에도 나와서 늘 지켜보고 있었습니다. 귀신같이 몰래 들어온 저년의 언니 신소가 땅을 파고 무엇인가를 묻고 가길래 붙잡은 것입니다. 영감마님 부디 제 말을 믿어주십시오."

단월이는 핏줄기가 뜨거워졌다. 초이가 누명을 쓰는 꼴을 보느니 차라리 자신이 죽더라도 은혜를 갚아야 한다는 생각뿐이었다. 이미 목숨 줄을 내놓은 단월이에게 신야는 더이상 상전이 아니라 주인의 목을 노리는 독사로 보일 뿐이었다.

단월이는 더욱 단단하게 자신을 추스르고 있었다. 몸종

신분으로 신야에게 험한 욕까지 했으니, 앞으로 어떤 처참한 결과를 빚게 될지는 스스로 각오해야 했다. 하지만 초이를 위한 각오와 결의가 단월이의 피를 뜨겁게 끓게 했다. 단월이는 스스로도 놀랄 만큼 몸 안의 모든 기운을 뿜어내며 불같이 말하고 있었다.

단월이의 모습을 본 신야는 결사적으로 지선에게 다가가 울면서 매달렸다. 그것은 죽느냐 사느냐의 기로에선 눈물이었다. 숱한 위기를 넘겨온 신야의 얼굴 두꺼운 도발이기도 했다.

"서방님, 아닙니다. 아니에요. 천한 것의 말을 믿지 마십시오. 저 천하고 천한 것이 윗전인 저를 능멸하고 있습니다. 어찌 이 꼴을 보라 하십니까. 서방님, 단월이 저년이 저를 위협하고 거짓을 고하고 있습니다."

지선은 신야를 쳐다보지 못하고 땅을 내려다보면서 벙어리가 되어 한참을 서 있었다. 한동안의 정적은 무겁고 괴로운 것이었다. 지선은 목구멍으로 마른침을 삼키며 초이의 눈치를 살폈다. 초이는 지선의 눈빛을 느끼며 천천히 입을 열었다. 모두가 긴장을 한 채 초이의 목소리에 귀를 기울였다.

"신야와 신소는 듣거라. 나는 지금까지 너희들이 하는 모든 것을 간섭하지 않았다. 무당인 신소가 내 허락 없이 내 집에서 굿판을 벌여도 모든 것에 일체 말을 하지 않았다. 하지만 이 일은 엄중한 것이다. 사람의 시신으로 끔찍한 만행을 저질렀으니 너희들은 내 집에서 지금 당장 나가거라. 더 이상 너희들을 이 집에 둘 수는 없다."

초이는 담담하고 건조하게 말했지만 그 말에는 힘과 의지가 있었다. 말을 마친 초이는 지선과 눈이 마주쳤고 지선에게도 당부의 말을 잊지 않았다.

"서방님께서도 이 일은 제게 맡겨주셔야 합니다."

지선은 초이의 눈빛이 버거워 잠시 눈을 내리깔고 있다가 그것도 어색했는지 허공을 쳐다보았다. 그러다가 자신도 모르게 외마디 탄식을 흘려보냈다. 지선의 탄식은 메마른 기침소리처럼 사라졌다. 신야는 지선의 힘없이 떨궈지는 눈빛 한 조각을 느끼며 체념해야 한다는 것을 느꼈다.

'저 인간을 믿는 것이 아니었어. 저런 인간을 지아비라 부르고 살았다니...'

그 누구도 초이의 말을 거부할 수 없었다. 신소와 신야는 웅크린 채로 별당으로 돌아갔다.

다음날 신야와 신소는 초이의 명대로 조용히 떠나갔다. 지선은 신야에게 다시 돌아오게 하겠다고 약조를 하고 떠나보냈다. 그런 지선의 말을 들은 신야는 몇 번이고 약조를 받고 또 받았지만 속으로는 지선을 믿지 않았다. 지선의 사랑이란 것은 초이에 대한 갈망이 늘 어긋나는데 대한 한풀이 같았다. 신야는 자신의 초라함이 오로지 초이로부터 시작된다고 믿었고 천출로 태어난 자신이 한스러웠다. 만약에 다음에도 인간으로 태어난다면 부잣집 귀한 여식으로 태어나고 싶었다.

다시 한 해가 빠르게 흘러갔고 가을이 깊어가고 있었다. 청량한 하늘이 무심하게 흘러가고 있는 어느 날 초췌하고 초라한 한 여인이 초이의 집 대문 앞에서 어정거리며 몇 번이고 두리번거리다가 대문을 두드리기 시작했다.

커다란 대문이 삐거덕 소리를 내며 종덕아범이 나왔을 때 그 여인은 필사적으로 대문 안으로 들어가려고 기를 쓰고 있었다.

"아니, 어쩐 일로 이러십니까. 못 들어갑니다. 안 됩니다."

"나네. 나야. 나를 못 알아보는가. 별당에서 영감마님을 모셨던 신야일세. 나를 들여보내주게."

"경을 칠 일이에요. 안됩니다. 돌아가세요."

그러자 신야는 소리를 냅다 질러댔다.

"마님, 부디 한 번만 저를 만나주시어요. 저 신야입니다. 마님 제발 한번만..."

종덕아범은 초이에게 목소리가 들릴까 기겁을 하고 신야를 밀쳐냈다.

"어쩌려고 이러십니까. 마님께서 들으시겠습니다."

신야는 완강한 종덕아범에게 밀려나고 있었지만 꺼이꺼이 쉰 목소리로 초이를 부르고 또 불렀다. 잠시 후 행랑어멈이 대문으로 와서는 신야를 노여움이 가득한 눈으로 힐끗 보더니 마지못해 말했다.

"마님께서 마당으로 들어오라 하셨으니 들어오시지요."

행랑어멈의 말이 떨어지기 무섭게 신야는 얼굴에 희색이 돌며 정신없이 뛰어 들어갔다. 마당 한가운데에 초이가 서 있었다. 무표정하고 돌같이 차가운 초이의 모습에 신야는 잠시 주춤했다. 그러다 정신을 차려 초이 앞에 무릎을 꿇고 손이 발이 되도록 빌면서 용서를 구했다.

신야의 그림자가 그녀를 길게 바라보고 있었고 해가 중천에 떠서 초이와 신야가 서 있는 모든 것들을 구석구석 비추었다. 눈부신 햇살 앞에 초이는 잠시 머뭇거렸다. 신야는 초이의 마음이 여린 것을 알고 있었기에 비는 척, 불쌍한 척을 하면 다시 예전으로 돌아갈 수 있으리라 계산했다. 신야를 바라보는 초이는 피곤했다. 행랑어멈이 신야를 보며 소리를 질러댔다.

"무슨 낯짝으로 우리 마님 앞에 다시 와서는...아이구, 아이구... 낯짝이 두꺼워도 정도가 있어야지..."

행랑어멈은 분이 풀리지 않아 신야의 멱살을 잡아서 일으켜 세웠다. 신야는 예전의 신야가 아니었다. 초라한 행색에 짚신을 신고 머리는 헝클어져 있었다. 신야는 애절하게 두 손을 모으고 초이의 눈치를 살피며 애타게 빌었다.

"마님, 용서해주시어요. 다시 받아주시어요. 제가 한 일이 아닙니다. 신소언니가 제가 하지 말라 말렸는데도 마님을 죽이려 한 것이지요. 제가 한 일이 아닙니다. 마님, 용서하시고 저를 다시 받아주세요."

초이는 신야를 보면서 말했다.

"내가 너를 첩으로 받아준 것은 투기한다는 소리를 듣지
않으려 해서다. 한 번 이리 배신하고 못쓸 짓을 한 사람을
나는 두 번 믿지 않는다. 이제 내 집에는 다시 발을 들이지
말거라."

초이의 목소리는 냉엄했다. 종덕아범은 신야를 끌어내서
대문 밖으로 쫓아냈다. 신야가 터덜터덜 걸어가고 있는데
갑자기 어디선가 수많은 마을 사람들이 신야의 주의에 서
있었고 신야를 발로 차고 머리채를 잡고 흔들었다.

"우리 마님을 괴롭힌 네년을 우리가 용서하지 않을 거다.
악마 같은 년!"

"이런 년은 죽여야 해!!"

순식간에 모여든 마을 사람들은 신야를 죽이고 싶었다.
자신들이 살 수 있도록 흉년이면 곡식을 내어주고 늘 다정
한 누이 같고 언니 같고 엄마 같은 초이를 괴롭히는 신야를
죽여야 초이 마님의 억울함이 풀어질 듯했다.

신야는 마을 사람들에 둘러싸여 돌팔매질을 당하고 급기
야는 발로 밟히며 무수한 매질을 당하고 있었다.

초이는 신야를 떠나보내고 혼자 안방에 앉아 있었다. 신
야의 처량한 몰골이 어쩌면 자신의 모습인지도 모른다고
느꼈다. 눈으로 보는 모든 것들이 내가 만나고 있는 모든
순간들이 초이 자신의 모습이고 마음 같았다. 무엇보다도

신야의 그늘이 자신의 그늘을 보여주고 있었다. 강산을 사랑하면서도 가문의 명예와 지위에 매달려 사는 자신의 초라한 모습이 신야의 괴기스러운 모습 속에서 문득 보이고 사라졌다. 불현듯 신야의 위험을 감지한 초이는 황급히 따라 나왔고 마을 사람들에게 맞고 있는 신야를 발견했다. 초이는 단호한 목소리로 말했다.

"모두들 물러가게. 신야를 그대로 놓아두게나. 자네들이 이 사람 때문에 그리고 나를 위해서 몹쓸 짓을 하는 것을 바라지 않네. 이자를 용서하게나."

마을 사람들은 초이의 말이 도무지 이해가 되지 않았다. 죽을 정도로 맞아야 정신을 차릴 요물이기에 신야를 향한 그들의 발길질은 죄책감이 없었고 정의로운 것이라 여겨졌다. 그러나 초이가 맑고 힘있는 목소리로 신야를 용서하라 말했을 때 마을 사람들은 자신의 귀를 의심했다. 신야같은 인간은 없는 편이 낫다고 생각했기에...

초이의 말이 끝나자마자 마을 사람들은 순순히 신야를 놓아주었다. 신야는 땅바닥에 주저앉아 겨우 몸을 추스르며 일어서지 못하고 초이의 얼굴을 바라봤다. 초이는 늘 저렇게 모든 것을 가지고 마음대로 자신의 인생을 살고 있었다. 게다가 세상 사람들은 극진히 초이를 사랑했다. 평생을 남과 비교하면서 남보다 더 가지려고 살아온 신야로서는 아무렇지도 않게 모든 것을 가진 초이가 너무 미웠다. 사무치게 미웠다.

'마님, 나는 이대로 죽지 않아요. 설사 이대로 죽게 되더라도 죽어서라도 당신이 가진 모든 것을 철저하게 빼앗을 거예요. 당신은 나를 살려준 것을 후회할 겁니다. 아직도 내 마음에는 초이 마님을 쫓아내고 싶고 마님이 가진 모든 것을 내 것으로 하고 싶어요. 나는 왜 이렇게 잔인하고 포악하게 태어났을까요.'

초이는 신야를 보며 속으로 말했다.
'자네는 잔인한 사람이 아니야. 그동안 고통스럽게 살고 천대받으며 살아서 한으로 남을 괴롭히는 것이 자신을 사랑하는 것이라 착각하고 있는 것이네... 자네, 이곳을 떠나는 것이 자네에게 좋은 일이야. 더 많은 죄를 짓고 더 많은 나쁜 업을 만들지 않게 내가 도와주는 것이니. 나는 이미 자네가 내게 한 일을 잊었네.'

두 여자는 서로를 마지막으로 바라봤다. 초이의 담담한 표정과는 상반되게 신야의 눈빛은 독기를 품고 있었다. 겉으로는 고개를 숙이고 있었지만 안으로는 뱀의 혀를 날름거리며 독살스러운 마음을 감추었다.
지선은 뒤에서 조용히 이 모든 것을 보고 있었다. 신야가 자신의 첩이었다고는 하나 초이를 죽이려 한 일은 지선으로서도 용서할 수 없는 일이었다. 신야는 화려하고 화사했다. 초이는 늘 차분하고 분명했다. 지선은 신야를 사랑하고 싶었고 사랑하고 있다고 생각했지만 그 순간뿐, 신야의 강렬한 향기가 가끔은 지루하고 권태로웠다. 지선은 초이가 신야를 놓아주는 것을 보고 쓸쓸히 돌아서서 자신의 방으로 들어갔다.

이윽고 행랑어멈이 초이를 바짝 뒤따르며 안채로 들어갔고, 모여든 사람들은 하나둘씩 흩어졌다. 바람이 거세지더니 마른 땅을 스치고 지나가면서 흙먼지가 세차게 일어났다.

신야는 흙먼지를 가득 뒤집어쓰고는 절뚝거리며 걷기 시작했다. 신야의 숨소리는 짐승의 숨소리처럼 거칠었다. 뭐라고 쉴 새 없이 중얼거리며 정신을 잃은 사람처럼 두리번거리기도 했다.

멀리서 숨어 있던 신소가 신야를 부축해서 자신의 집으로 걸음을 재촉했다. 바람이 검은 구름을 몰고 오는가 싶더니 어느 샌가 빗줄기가 떨어지기 시작했다. 신소와 신야는 온몸에 세찬 빗줄기를 맞으며 걸었다. 날은 점점 어두워졌고 어둠 속에서 빗줄기는 더욱 거세어졌다. 두 여자가 신소의 집에 도착할 때쯤 비는 그치고 있었다.

무당 신소의 집은 초이의 집에서 오십 리 정도 떨어진 곳에 있었다. 외딴 곳이었고 사람의 인적이 드문 곳이었다. 황량한 곳에 자리한 신소의 무당집은 악귀들이 사는 듯 늘

을씨년스러웠다.

꼽추 등을 하고 허름한 옷을 입은 신소는 아침마다 신야의 머리를 곱게 빗질했다. 신소는 불행을 빨아들이고 불행에 취해서 오히려 불행하지 않으면 불안한 자신의 삶을 바라보며 매일 아침, 동생 신야의 머리를 정성스럽게 빗질했다. 신야의 칠흑같이 검고 윤기나는 머리를 바라보며 매만지고 빗질 할 때면 신야의 탐스러운 머리카락이 자신의 목을 감고 배꼽까지 파고드는 듯한 착각이 일었다. 신소는 빗질을 하다가 자신도 모르게 움찔거리며 신야의 탐욕에 빨려 들어가는 자신을 보고 있었다.

신소는 겉으로는 무덤덤하게 행동했으나, 속으로는 '나도 한 번 행복해지고 싶다'는 생각에 발버둥 치고 있었다. 신소의 선택은 동생 신야의 발밑을 날쌔게 기어 다니며, 바퀴벌레처럼 비굴하게 처신하고 잇속을 차리는 일이었다. 배다른 자매였으나 신야는 빼어나게 아름다운 외모를 지닌채 태어난 반면, 신소 자신은 저주를 받은 것처럼 흉물스런 꼽추의 모습을 하고 있었다. 언청이 입은 비뚤어졌고 얼굴은 곰보자국으로 울퉁불퉁했다. 신소는 거울을 한 번 본 뒤로는 다시는 자신의 모습을 비추고 싶지 않았다. 세상이 원망스러웠지만 신야 덕분에 어린 시절 굶어죽지 않았기에 자신이 사랑할 사람은 신야뿐이었다.

행복이란 것도 알고 싶었다. 그런데 그 행복이란 것이 누군가를 저주하는 일이었고 그 저주는 오롯이 초이를 향한 것이었다. 신소와 신야는 아침, 저녁으로 초이의 명을 재촉하는 기도를 했다. 초이가 빨리 죽고 사라지면 모든 것이 신야의 것이 될 것만 같았다. 그렇지만 초이는 건강했고 그 누구도, 사악한 악귀조차도 감히 초이를 건드릴 수 없었다.

신소와 신야는 온갖 저주와 기도에도 초이가 끄떡없이 건강하게 잘 살고 있다는 것이 하루하루의 고통이었다. 신소와 신야의 인생은 초이를 괴롭히고, 죽이고 싶어하는 것으로 하루하루를 보내고 있었고 자신의 생명을 갉아먹고 있었다.

"아~ !"

전생을 보고 있던 미루는 자신도 모르게 탄식을 했다.

'신야가 바로 세아야. 나를 남편 병길과 같이 죽인 세아가 전생의 신야였어.'

신야와 세아가 하나의 얼굴로 겹쳐졌다.

'신야가 다시 나를 죽이려 했고 이번에는 성공한 거야.'

미루의 가슴이 타들어 갔다. 억울하고 분한 마음이 불같이 일어났다. 미루의 마음을 느끼고 있던 도해가 말했다.

"미루야, 한 번의 생만 있는 것이 아니야. 환생을 통해 신야는 세아가 되었지만... 세아는 스스로 자신을 괴롭히는 삶을 살고 있는 거야!"

　미루는 마음의 평온을 찾지 못했고 도해의 말에도 위로받지 못했다. 너무 분하고 억울해서 세아가 앞에 있다면 무슨 짓을 할지도 모른다고 생각했다. 그렇지만 자신은 죽었고 세아는 살아 있다. 미루는 자신도 모르게 긴 한숨을 쉬었다. 한동안 요동치던 분노는 한참이 되어서야 가라앉았다.

　'그래, 억울해하지 말자. 나의 억울함은 누군가가 듣고 알고 있으니까. 누구보다 내가 제일 잘 알고 있으니까. 모든 것이 순리대로 잘 해결될 거야.'

　도해는 미루의 손을 잡아주었다.

반역

　신소와 신야의 원한 맺힌 바램에도 초이는 시누대처럼 굳건하게 살아갔다. 신야가 떠난 그 다음 해 초이는 바라고 바라던 딸을 낳았다. 초이는 늦은 출산으로 난산을 거듭하며 밤새 산고를 치르다가 새벽에야 딸을 낳았다. 생명이란 이렇게 아름답고 무한한 존귀함을 가진 존재란 말인가.

　초이는 딸의 작고 작은 손을 어루만지며 기쁨으로 눈물을 떨구었다. 딸의 행복을 빌며 이름을 류라고 지었다. 류는 엄마를 닮아 영특했고 호기심이 많았다. 지선도 딸을 얻은 후 마음이 깊어지고 단단해졌다. 한동안 평범한 삶이 평화롭게 이어졌다.

　그러던 어느 날 스승 바루의 하인이 초이의 집에 스승의 전갈을 보내왔다. 초이는 서둘러 스승의 집으로 향했다. 초가을, 아직은 더위가 가시지 않아 후덥지근한 열기가 서서히 산과 들을 달구기 시작했고 초이의 마음도 때로는 뜨겁게 산야를 달구었다. 아직도 초이의 가슴속에는 소화의 모습이 빗물처럼 슬프게 자신을 적시고 있었다. 강산에 대한 그리움은 심장 깊숙이 숨겨놓고 살았지만 가끔은 자신도 모르게 불쑥 치밀고 올라와 깊은 상흔을 남겼다. 갑자기 스승 바루는 초이에게 각별히 만나야 할 사람이 있으니 혼자서 오라 했다. 초이는 영문을 모르고 스승을 만나러 갔다.

스승 집 대문에서는 스승의 오른팔격인 칠석이가 초이를 기다리고 있었다. 칠석이는 하인 신분이었지만 신중하고 조심스러운 태도로 늘 스승 바루의 옆을 지키고 있었다. 유난히 검은 피부와 까만 눈썹, 두터운 입술이 오늘따라 그를 더욱 진중하게 보이게 했다. 칠석은 초이를 정중하게 맞이했다. 초이는 가마에서 내려 칠석이가 안내하는 대로 스승의 처소로 갔다. 칠석이는 말없이 초이를 방안으로 안내했다.

문이 열리자 스승 바루의 다정한 얼굴이 보였다. 스승과 초이의 눈이 마주쳤다. 스승을 보자 환하게 미소 지으며 방안으로 들어가던 초이의 몸이 순간, 돌처럼 굳어졌다. 발이 움직여지지 않았다.

강산이 눈앞에 있었던 것이다. 그 오랜 세월 동안 그리워했던 강산이...

초이는 자신도 모르게 눈을 감았다 다시 떴지만 여전히 강산이 그 자리에 앉아 있었다. 갑자기 다리가 후들거리고 온몸이 떨려왔다. 그 긴 세월동안 한시도 잊은 적이 없던 그 사람... 강산이 여기 있다. 그리움으로 보낸 세월이 거짓 말처럼 한순간으로 지나갔고 강산은 스승의 앞쪽 왼편에 앉아 무엇인가를 골똘히 생각하고 있었다.

초이의 가슴은 기쁨으로, 알 수 없는 원망으로, 낯익은 서 운함으로 격렬하게 뛰기 시작했다. 누구에게라도 마음을 들킬까 조심스러웠던 초이는 얼굴빛을 가다듬고 아무 내색 없이 스승을 향해 서 있었다. 방안은 수많은 난초들이 고 운 화분에서 자라고 있었고 스승의 서안은 글씨를 쓰던 중 이었는지 벼루 위의 붓이 맑은 먹물색으로 적셔져 있었다. 초이는 스승의 얼굴이 기분 좋게 웃고 있음을 알았다. 스승 바루는 초이를 반갑게 맞이하며 절을 하지 말고 앉으라 일 렀다. 초이는 가볍게 인사를 하고 자리에 앉았다. 스승 바 루가 기쁨을 감추지 못한 환한 미소로 말했다.

"초이야. 내가 오늘 너에게 중요한 분을 만나게 해주려고 불렀구나. 너희 둘이 힘을 합하면 이 썩어빠진 조선을 백성 의 나라로 만들 수 있을 거다."

스승의 말이 끝나자 초이를 바라보는 강산의 얼굴이 붉게 적셔졌다. 강산도 놀란 기색이 역력했다. 강산은 초이를 만 난 기쁨을 애써 누르며 상기된 표정으로 말했다.

"마님, 오랜만입니다. 참으로 반갑습니다. 소식은 간간이 전해 듣고 있었습니다."

"네 대감, 그동안 잘 지내셨는지요. 소화언니가 그리 일찍 세상을 떠나신 일은 참으로 가슴 아픈 일이었습니다.”

“저도 누님이 참으로 그립습니다.”

스승 바루가 두 사람을 번갈아 가며 보다가 물었다.

“두 사람이 서로 아는 사이인가? 참으로 세상이 좁네 그려!”

스승은 두 사람의 그간의 사연을 듣고 인연이란 참으로 미묘한 것이라 말하며 호탕하게 웃었다.

“초이는 아녀자이지만 기개는 어느 대장부 못지 않소. 대감께서 어려서부터 같이 자란 사이라 하시니 잘 아시겠지만 초이는 푸른 댓잎 바람을 머금은 모란꽃이오.”

초이는 스승의 칭찬에 웃으며 답했다.

“스승님, 과찬이십니다.”

강산은 웃고 있는 초이를 넋이 나간 듯 바라보고 있었다. 초이는 여전히 햇살 같았다. 늘 싱그러운 바람이 일렁이듯 초이의 보조개도 웃고 있었다. 눈가의 주름은 세월의 나이테를 말해주고 있었다. 그러나 살아온 흔적이 얼굴에 남아 있듯, 세월의 풍파 속에 초이는 더 아름답고 소박하게 빛이 났다.

늘 당당했던 초이가 바루 스승의 제자였다니...

강산은 마음속으로 초이에게 말하고 있었다.

‘우리는 늘 연결되어 있었기에 이렇게 다시 만나는 겁니

다. 나는 당신을 잊지 않고 기다리고 있었습니다.'

스승 바루는 사람들을 모으고 있었다. 강산 역시 스승 바루와 함께 사람들을 조직하고 있었다. 두 사람은 동지같이, 때로는 형제같이 굳건했다. 초이는 그 두 사람을 사랑했다. 한 사람은 스승으로, 다른 한 사람은 이루지 못하는 아픈 사랑으로...

초이는 백성이 주인 되는 세상을 만들겠다는 바루와 강산의 신념에 가슴 깊이 동조했다. 세 사람은 '신분'이란 버려야 할 유물이라 여겼다. 그들은 신분까지도 이겨낸, 모두가 평등한 세상을 만들자는 생각으로 세상에 버림받은 승려와 노비들, 서얼들까지 규합하고 있었다.

세 사람은 조선에서 결코 가져서는 안 될 꿈을 꾸었고, 가질 수 없는 사람을 사랑했고, 이룰 수 없는 희망을 품었다. 이 모든 것들이 허망한 것이며 그 일이 자신들을 죽음으로 몰고 갈 것임을 직감했지만 멈출 수도 멈출 생각도 없었다. 그래서 세 사람은 서로가 서로에게 너무나 소중했다. 의기투합한 세 사람은 달이 차오르자 헤어졌다. 초이는 집으로 돌아오는 가마 안에서 깊은 생각에 잠겼다.

'그래 지금이야말로 나의 길을 가는 거야. 비루하게 살기보다는 백성들을 위해서 살자. 그것은 내 마음이 시키는 일

이고 내게는 가장 기쁜 일이지. 내가 가야 할 길이지. 그것이 초이의 길이고 우리의 길이야.'

　초이가 집에 도착했을 때 방안에 남편이 기다리고 있었다.
　초이는 남편을 보자 담담하게 말을 건넸다.
　"서방님께서 어인 일이신가요. 서방님답지 않게 진지한 얼굴로 그리 계시니 새삼스럽습니다."
　"야심한 밤이오. 어디를 다녀오는 게요?"
　"스승님께서 부르셔서 뵙고 오는 길입니다."
　"스승님께서 당신을 무척이나 아끼고 계시다는 것을 알고 있소. 우리는 조선 땅에 살고 있는데 당신과 스승님은 도무지 어느 세상 사람인지 모르겠소. 내가 비록 예전에는 주색으로 세월을 탕진했다고 하나 이제는 어엿한 한 사람의 선비이자 관료로 살아가고 있소. 그러니 당신도 조선의 아녀자들처럼 살아야 할 것이오."
　"서방님 말씀을 잘 알고 있습니다. 그러나 저는 저의 길을 가고 있어요. 그 길을 막으실 생각을 하시면 안 됩니다. 나 또한 이 나라의 선비입니다."
　"아녀자가 선비라... 말이 된다고 생각하오. 세상이 비웃을 말을 지금 제정신으로 하고 있소?"
　"…"
　"당신은 한 번도 나를 지아비로 여긴 적이 없는 사람이

오. 그것을 내가 모른다고 생각했소. 스승님이 늘 당신을 싸고 돌지만 언제까지나 스승님의 그늘이 편안할 거란 생각은 하지 마시오. 이미 아버님도 돌아가셨소. 내가 당신의 지아비인 것을 잊으셨소?"

"잊을 리가 있겠습니까. 늘 기억합니다."

"스승님을 조심해야 하오. 스승님은 역모를 생각하고 있소."

"당신이 과거에 급제해서 벼슬이라도 얻은 것은 스승님의 덕입니다. 술에 취해 정신없이 사는 당신을 스승님이 데리고 살다시피 하면서 그 자리에 있게 했어요. 제가 그 덕에 정경부인은 못되더라도 숙경부인은 된 것입니다."

"내가 신야나 옥실이 같은 첩실을 여럿 두었던 것이 불만이어서 이러는 것이오?"

"저는 서방님의 첩들에게 관심이 없습니다. 서방님이 알아서 하실 일이지요. 우리 딸 류가 있습니다. 딸을 위해서라도 당신의 체통을 생각하세요."

"내가 문제가 아니오. 당신이 언제 이 집을 뛰쳐나가 스승님과 함께 무슨 모사를 할지가 걱정이오. 내가 가만히 있지 않을 것이오. 게다가 강산이란 자가 함께 하고 있다고 들었소. 나는 이 모든 일들이 마음에 들지 않소. 조선의 아녀자는 지아비가 하라는 대로 해야 하오. 지아비의 뜻을 받들지 않는 사대부의 여인은 없소이다."

"…"

초이는 대답하지 않았다. 두 사람 사이에 무거운 적막이 흘렀다.

지선은 깊게 한숨을 쉬었다. 초이를 쳐다보지 않은 채 서안을 한참을 들여다보던 지선은 잠시 후 자리를 털고 나가 버렸다. 문 여는 소리, 문 닫는 소리가 싸늘하게 들려왔다. 초이는 단정하고 꼿꼿하게 그대로 앉아 있었다.

별리

스승 바루의 집은 늘 사람이 많았다. 모함으로 벼슬자리에서 물러난 강산은 식솔이 있는 평양을 떠나 바루의 집에 머물고 있었다. 강산을 만나러 오는 사람들도 많아서 바루의 집은 북적였다.

초이는 스승 바루의 살림살이가 걱정되어 칠석이를 통해 곡식을 몰래 넣어주고 있었다. 초이가 시집와서 일군 재산으로 그 일대의 가장 큰 부를 이루었고 늘 초이가 꼼꼼하게 모든 일을 처리했기에 지선도 이 일에는 일체 관여하지도 관심을 두지도 않았다.

활시위가 당겨진 활이 자신의 운명을 직선으로 돌진해 나가듯 그렇게 초이의 인생도 앞으로 치열하게 내닫고 있었다.

가을이 지나가고 한겨울 추위로 모든 생명들이 움츠려드는 어느 날, 초이는 스승 바루의 집으로 가기 위해 가마에 올랐다. 갑자기 하늘이 잿빛으로 물 들더니 굵고 하얀 눈이 떨어지기 시작했다. 세상의 모든 어둡고 칙칙한 것들은 하얗게 덮여버렸고, 희고 고운 설국의 나라가 펼쳐졌다. 조선 땅 어느 곳도 아름답지 않은 곳이 없었다.

초이는 친정집을 생각했다. 눈발이 날리던 겨울날이면 검은 오죽 위에 눈발이 내려앉곤 했다. 그 때 마다 오죽의 검은 빛은 더욱 윤기가 흘렀고, 흰 눈은 더욱 고운 자태를 뽐냈다. 강릉의 아름다운 설경이 초이의 눈동자 위로 겹쳐졌다.

가마는 어느덧 스승 바루의 집에 도착했다. 초이는 가마에서 내려 바루의 집 안으로 들어갔다. 노비며 그곳에 기거하는 사람들이 몰려나와 초이를 맞이했다. 모두가 결기로 눈빛이 빛나고 있었다.

사람 대접받지 못하고 개나 돼지로 살았던 그들이 바루의 집에서는 모두가 신선 같은 눈빛으로 세상을 뒤엎으려 했다. 괴기스런 권력의 이빨이 물고 뜯으며 아귀처럼 백성의 살점을 도려내고, 백성의 피를 빨아 먹고 있었다. 그 시절, 비루하고 외로운 사람들의 결집은 하나의 거대한 함성이었다.

모두들 초이가 동지임을 알았다. 초이는 모여든 사람들 하나하나에게 다정한 눈빛으로 고개 숙여 인사했다. 칠석이가 초이를 스승의 방으로 안내했다. 오늘은 앞으로 일으킬 반란을 위한 전국 조직을 위한 논의가 있는 날이었다. 초이 또한 비장한 결심으로 방안으로 들어섰다.

이미 방안에는 결사의 동지들이 모여 있었고 가운데 앉은 스승 바루를 모시고 강산이 앉아 있었다. 강산의 눈에 초이의 모습이 들어왔다. 이내 강산은 눈을 돌려 스승의 서안을 쳐다보았다.

초이의 눈빛은 단단했다. 야무진 입술은 초이가 결코 쉽게 무너질 사람이 아니라는 것을 말해주고 있었다. 초이는 차분하지만 무겁지 않은 걸음걸이로 들어와서 모두에게 목례를 하고 자리에 앉았다.

스승 바루가 먼저 입을 열었다. 근심어린 그의 얼굴은 반역의 주동자다운 무거움이 있었다.

"임금과 권력을 가진 자들은 거짓으로 세상을 속이고 있소. 어미가 천하거나 정실부인의 자식이 아닌 선비들을 기용하기로 해놓고 이제는 그것마저 할 수 없다고 하고 있소. 뇌물이 통하지 않는 곳이 없으니 산삼으로 정승자리를 사는 것도 지금은 당연한 세상이 되었소. 백성들은 굶주림으로 길거리에서 죽어가고 있소. 이곳이 바로 지옥이오. 어찌 통탄하지 않을 수 있겠소."

바루는 굳건한 음성으로 말을 이었다.

"이제 조선의 선비들은 디딜 땅이 없소이다. 백성들은 전쟁과 기근, 전염병으로 이미 살 수 있는 모든 생존의 통로가 막혔소이다. 백성들이 주인이 되는 세상이 와야 합니다.

그러기 위해서는 우리에게 거사를 성공시킬 조직과 자금이 절대적으로 필요한 때요."

강산이 먼저 묵직한 공기를 깨트렸다.

"제가 뛰어난 서얼 열 명과 함께 자금을 만들어 보겠습니다. 탐관오리들의 집안을 털어내고 그들의 재물을 가져오겠습니다."

그러자 옆에 있던 서얼 영빈이 말했다.

"강산은 이미 관직에 올랐던 사람이니 너무 위험합니다. 우리 서얼들이 직접 자금을 마련하겠습니다."

자금을 모아서 군사들을 훈련시키고 날을 정해서 한양부터 치고 들어가 임금이 사는 궁으로 쳐들어가려는 계획이었다. 그러려면 민심의 굳건한 지지가 필요했고 전국적인 조직으로 굳건한 요새가 마련되어야 했다.

초이가 모인 사람들을 잠시 둘러보고 차분한 어조로 말했다.

"경기도와 경상도는 이미 우리 조직이 뿌리를 내리고 있습니다. 지금은 전라도와 함경도가 우리의 가장 큰 힘이 될 것입니다. 전라도와 함경도에 각각 사람을 보내서 그곳에도 우리의 진지를 마련해야 합니다. 저는 이미 아녀자로서의 삶이 아닌, 한 사람의 백성으로 새로운 조선을 일으키는 데 제 모든 것을 바칠 각오가 되어 있습니다. 군자금의 일부를 내놓겠습니다. 우리도 군사훈련에 박차를 가해야 합니다. 말로만 하는 혁명이 아닌 무기를 들고 일어서야 합니다."

강산은 초이의 말을 무거운 마음으로 듣고 있었다. 초이에게 이런 커다란 짐을 지우는 것이 강산에게는 괴롭고 힘든 일이었다. 걱정과 연민으로 불안해진 강산의 눈빛을 초이도 읽고 있었다.

바루는 초이의 말을 따르기로 하고 전라도의 선봉장으로 경민을 임명했다. 또한 함경도의 선봉장으로는 강산을 임명했다. 경민은 일찍이 대장군으로서 조선 일대에 모르는 이가 없을 만큼 유명한 장수였으며 강산 또한 문무를 겸한 전략가였기에 가장 중요한 두 지역을 맡겼다.

내일이면 강산은 함경도로 떠나야 했다. 날이 밝으면 남과 북으로 또 다시 헤어져야 할 시간이 두 사람에게 다가오고 있었다.

강산과 초이는 회의가 끝난 후 마당에 나와 눈을 맞으며 잠시 함께 서 있었다. 이들에게는 가족이 있었고 가족을 사랑했고 남편과 부인에 대한 자신들의 의무를 다하려 했다. 하지만 사랑 없이 한 결혼이었고 가문이 명한 의무였다.

그것이 조선이라는 시대를 살아야 하는 사람들의 숙명이기도 했다.

강산은 초이의 어깨에 떨어지는 눈을 바라보다말고 시선을 마당 너머 들판으로 향했다. 잠시 마음을 다잡고 초이를 정면으로 바라보며 말했다.

"마님, 우리가 이리 나이 들어서도 만날 수 있고 동지로서 나라를 다시 세우려 한다는 것이 믿기지 않습니다. 우리는 늘 인연 따라 만나고 헤어집니다. 거사를 앞두고 있는지라 걱정이 큽니다. 마님께서는 부디 보중하시고 몸을 아끼십시오. 저는 아시다시피 잡놈이 아니겠습니까."

"저는 대감이 걱정이옵니다. 저와 대감은 어린 시절을 같이 보냈습니다. 우리의 어린 시절은 아름다웠고 현재는 고통스러우며 미래는 불안합니다. 그렇지만 불안한 미래는 우리가 선택한 가장 큰 기대입니다. 저는 그 미래를 포기할 수 없습니다. 그래서 이 순간 저를 태워서라도 우리들의 희망을 만들 겁니다. 그것이 저의 딸 그리고 대감의 아이들뿐만 아니라 조선 땅의 모든 아이들을 키우게 하는 젖줄이 될 테니까요."

강산은 마치 마지막으로 초이를 만나는 것처럼 초이의 눈망울을 깊이 가슴에 담고 있었다.

강산은 천천히 그렇지만 깊은 여운을 남기며 말했다.

"우리, 이번 생에서는 이리 남이 되어 살더라도 기필코 다음 생에서는 부부의 인연으로 다시 만납시다."

초이는 대답 대신 고개를 끄덕였다. 슬픔이 가득한 눈빛으로 강산을 바라보며 초이는 마음속으로 말했다.

'우리가 부부의 인연으로 맺어지지 않더라도 늘 그 자리에서 함께 하면 되지 않겠습니까. 순간의 시간이 아예 없는

것처럼 지금 이 순간의 마음을 그대로 간직할게요. 부디 조심하세요. 부디 목숨만은 소중히 지켜주세요.'

두 사람은 쓸쓸히 작별인사를 나누었다. 눈은 여전히 굵고 소담스럽게 내리고 있었고 서글프게 두 사람의 어깨에 떨어졌다. 초이는 떨어지는 눈발 속에서 가마에 올라탔다. 초이를 실은 가마가 떠나는 모습을 지켜보며 강산이 우두커니 서 있었다. 내일은 어떤 운명이 기다리고 있을지 모를 일이었다.

두려움은 가끔 나를 삼켜버린다
나는 두려움이란 놈으로부터 나를 지키기 위해
이제부터는 그놈을 제거해버리기로 했다
그런데 그놈이 가진 칼날은 날카롭고
놈의 몸짓은 바람처럼 날쌔
나의 심장을 깊숙이 찔렀다
나는 피를 토하며 두려움이란 놈에게
내 목숨을 내주어야 할지도 모를 일이다
그래~ 죽일테면 죽여보라고
네 따위는 하나도 무섭지 않다고
그놈에게 소리를 질렀더니
두려움이란 놈은 어느새 내 손가락 사이로 빠져나가버린다
정말 희망만이 두려움을 삼켜 버릴 수 있는 것일까
내가 이번엔 그놈을 죽였어야 했는데
어쨌든 그냥 사라져 버린 것만으로도
숨을 쉴 수 있을 것 같다
아침 햇살이 이렇게 눈부신지 오랜만에 알게 되었다

- 도해가 남긴 일기장에서

망나니

초이는 행랑어멈을 불렀다.

초이의 눈빛은 초조함으로 얼어붙었고 단정한 손끝이 떨리고 있었다. 초이는 방안에 가만히 앉아 있었으나 가슴은 요동치고 심장은 조여 왔다.

'강산대감이 문초를 받고 있다니... 반역으로 몰려서 죽게 될지도 몰라... 어찌해야 하나. 이 일을 어찌하나...'

조금 후 행랑어멈이 초이의 창백한 얼굴을 살피며 들어왔다. 행랑어멈의 머리카락은 이제는 중년이 넘어 노년을 향해가는 나이 때문인지 흰머리로 덮여있었다. 노비가 사용할 수 없는 은빛으로 반짝이는 은비녀를 꼽고 있었다.

초이가 행랑어멈에게 은비녀를 주던 날, 행랑어멈은 자신을 노비가 아니라 키워준 소중한 사람으로 대해주는 초이의 마음이 물결처럼 가슴속으로 들어왔다. 은비녀를 꼽은 그녀의 마음은 자부심과 감사함으로 충만했다. 자신의 살아온 삶이 아프거나 힘들지 않았다.

초이는 시집올 때 행랑어멈을 함께 데리고 왔다. 행랑어멈은 남편 없는 과부로 아이도 없이 살다가 초이를 어려서부터 키웠기에 초이가 행랑어멈의 유일한 세상이었고 삶이었다.

행랑어멈은 방안으로 조심스럽게 들어왔다.

"어서 들어와. 가까이 앉게나. 더 가까이... 내가 자네에게 긴히 할 말이 있으니 내 곁에 가까이..."

행랑어멈은 초이의 얼굴에 긴장하는 기색을 알아봤다.

"자네에게 부탁이 있다네."

행랑어멈은 초이의 얼굴을 잠시 올려다보며 물었다.

초이는 행랑어멈의 걱정스러운 얼굴을 모른 척하고 말했다.

"자네, 강산대감을 기억하지. 대감께서 위험하네. 바루 스승님을 직접 뵙는 일도 어렵다고 하니 자네가 스승님을 나 대신 뵙고 오게나. 스승님이 내게 주시는 서찰이 있을 것이야."

"네 마님, 아무 걱정마시어요. 제가 다녀오겠습니다."

행랑어멈은 저녁이 되어서야 집으로 돌아왔다. 저고리 안에 서찰을 숨기고 들어왔다. 행랑어멈은 초이의 삶이 늘 고단하다고, 너무나 힘겹다고 생각했다. 초이를 지키기 위해서는 입이 무거워야 하며 사람들의 눈을 피해야 할 때가 있다는 것을 본능적으로 잘 알고 있었다.

행랑어멈이 저고리 안에서 서찰을 꺼내어 초이 앞에 내밀었다. 초이는 떨리는 손으로 서찰을 받아들었다.

행랑어멈은 초이의 손끝을 바라보며 제발 초이가 무너져 내리지 않기를, 강산대감이 살아서 돌아오기를 기도했다.

초이는 서찰을 펼쳤고 스승 바루의 글이 빼곡하게 흰 종이 위에 검은색 그림자로 펼쳐져 있었다. 초이는 편지를 읽으며 몸이 땅속으로 처박히는 듯 아득하게 저리고 아팠다. 이럴 때일수록 정신을 차려야 한다며 몸을 곧추세웠다. 극심한 고통으로 심장이 끊어지는 듯 저려왔다.

초이야, 강산은 내일 처형당한다. 우리의 거사는 실패했다. 거사를 일으킨 우리를 대신해서 강산이 모든 걸 짊어지고 죽음을 택한 것이다. 강산은 후회하지 않는다고 했다. 그의 외로운 죽음을 초이, 너와 나만은 잊으면 안 된다. 우리는 기억해야 한다.

스승 바루의 편지 위에 이윽고 눈물이 떨어졌다. 글씨가 흩어지고 편지가 젖어 들었다.

'시신이라도.. 시신이라도 만나야 해. 시신이라도 찾아야 한다.'

강산은 감옥에서 소달구지에 실려 사형장으로 향했다. 강산의 검은 머리카락은 삭풍에 휘날리고 검은 눈동자는 마지막으로 보는 조선의 산야를 처연하게 바라보고 있었다. 강산을 실은 달구지가 삐걱삐걱 소리를 내며 쓸쓸하게 당고개에 다 달았다. 강산이 달구지에서 내릴 때 구경나온 수많은 사람들이 강산의 마지막 가는 길을 지켜보고 있었다.

강산의 죽음을 애도하는 백성과 선비들도 모여들었다. 강산의 죽음에 눈물을 흘렸다가는 쥐도 새도 모르게 끌려가서 어떤 꼴을 당할지 모르기에 모두들 입을 굳게 다물고 아무 말 없이 그대로 산송장처럼 서 있었다.

강산에게는 사람들이 눈송이처럼 흩어져 보였고 망나니의 푸른 칼이 바다같이 일렁였다. 망나니가 가지고 있는 칼은 오랫동안 많은 사람들의 목을 베어버린, 단숨에 목을 날려 버릴 수 있는 커다란 칼이었다. 망나니의 칼은 손잡이가 길고 큰 자루가 달렸고, 보기만 해도 무시무시했다. 그저 망나니를 구경하러 몰려온 사람들도 많았다. 망나니의 춤이 격해질수록 칼날은 더 잔인한 빛깔로 움직였다. 마치 비참하게 죽은 사람들의 영혼이 달라붙어 있는 듯 섬뜩하게 빛이 났다.

강산의 오랜 친구, 영빈이 강산의 목을 베는 망나니가 되어 서 있었다. 죄 없는 사람을 죽이는 일이 다반사가 되었기에 망나니는 원혼을 부르는 일이라 여겨서, 그 누구도 하려는 사람이 없었다. 참형을 당하는 것이 확정된 경우에 생명을 연장하기 위해 스스로가 망나니를 자처하는 사람이 많았다.

강산은 감옥의 옆방에서 참수를 기다리는 영빈에게 자신의 목을 치는 망나니가 되어서라도 생명을 연장하라고 제안했다. 친구에 의해 죽는다면 죽음이 편안할 수 있겠다며...

영빈은 강산의 청을 듣고 깊이 고민했다. 너무나 살고 싶었고 죽고 싶지 않았다. 비루하고 욕을 먹을지언정 살아남고 싶었기에 강산의 제안을 못이기는 척 받아들였다. 죽기전날 강산은 영빈에게 말했다.

"망나니로 살았던 사람들은 자살을 하거나 미쳐버린 이가 많다고 들었네, 내가 자네에게 나를 참수해주길 부탁하는 것은 오로지 자네의 생명을 연장하고 싶은 나의 바램 때문이라네. 자네, 망나니로 나를 참수하고 나서... 나를 죽였다고 생각하면 아니 되네. 혹여 자네가 나를 생각해서 남은 생을 허비할까 염려되어 하는 말이네. 나는 후회 없이 살았고 백성을 위해 살았네. 부디 살아남아야 하네. 우리 모두가 함께 죽기보다는 자네라도 살아남아야 하네."

강산의 말이 영빈의 귓가에 맴돌았다. 영빈과 강산은 늘 함께 해 온 친구였다. 서로가 서로에게 없어서는 안 될 벗이었다. 사형수가 된 영빈은 살아남으라는 친구의 말을 따르기로 했지만 제 정신으로 친구를 죽일 수는 없었다. 영빈은 술을 들이키며 이 고통을 잊으려 했다. 강산의 눈을 쳐다보지 않은 채 오른손에는 칼을 쥐고 왼손에는 술병을 들어 연거푸 마시고 또 마셨다. 술병을 내려놓고 희벌떡 눈을 뒤집어 뜨고서는 잔뜩 술에 취한 채 미친 듯이 칼을 휘두르며 칼춤을 추었다.

영빈이 휘두르는 칼날은 허이~ 허이~ 거리며 허공을 떠돌았다. 망나니 칼이 춤을 추는 것인지 영빈이 춤을 추는 것인지 분간하기가 어려웠다. 영빈은 제 정신으로는 차마 강산의 목숨 줄을 끊어 놓을 수 없었기에 자기 정신 줄을 먼저 놓으려는 듯 미친 듯이 칼날을 허공의 여기저기를 향해 찌르고 쑤셔댔다.

강산이 참수당하는 곳은 사방 50보 정도에 장막이 쳐졌다. 강산의 웃옷은 벗겨졌다. 망나니가 된 영빈과 강산의 눈이 마주쳤을 때 강산은 고개를 끄덕여 보였다. 이제 이번 생은 끝이 나고 있었다.

강산은 생의 마지막 순간에 오롯이 초이 만을 생각했다.

'부디 다음 생에는 초이와 함께 할 수 있기를... 우리가 한 약조가 지켜지기를...'

초이를 생각하며 강산은 눈을 감았고 망나니의 시퍼런 칼날이 강산을 향했다. 강산은 그렇게 세상을 떠났다.

영빈은 강산의 떨어진 목과 남은 시신을 보며 눈물을 떨구었다. 아무리 취하려 했어도 취할 수가 없었다. 영빈의 명줄은 길어졌고 강산은 이승을 떠나갔다.

초이는 서둘러 행랑어멈을 데리고 도성으로 향했다. 두 여인은 죽은 강산을 향해 가고 있었다. 참수를 당하는 사람들이 노들강변이나 당고개에서 참수를 당했는데 나라에서 본보기를 보이기 위해 목을 매달아 효시를 할 것이 분명했기에 초이는 당고개에 강산의 주검이 있을 것이라 생각했다.

초이는 밤이 되기를 기다렸다. 자정을 넘긴 도성은 바람이 거세게 불고 있었고 찬 공기로 세상은 움츠려들었다. 초이는 눈에 띄지 않게 검은색 옷으로 갈아입었다. 행랑어멈도 검은색 옷을 입게 했다. 두 여자는 바쁘게 강산의 목이 매달려 있는 당고개 언덕배기로 행했다.

바람이 더욱 세차고 거세게 일렁였다. 강산의 주검이 세상을 향해 서 있는 언덕은 을씨년스러웠다. 이윽고 찬비가 세차게 쏟아지기 시작했다. 한 걸음 한 걸음 내딛는 발걸음마다 초이는 비틀거렸다. 차마 강산의 잘린 목을 보지 못할 것 같았다.

어찌 그 사람의 참혹한 모습을 내 눈 안에 담을 수 있을 것인가.

어찌 내가 그 사람과 죽음을 함께 하지 못했단 말인가.

어찌 나만이 살아 있단 말인가.

끝없는 저주와 고통이 초이의 가슴을 파고들었다.

멀리 올라갈 것도 없이 언덕은 나지막했다. 비는 더욱 세차게 쏟아지고 밤은 더욱 깊어졌다. 초이가 그 다음 발걸음을 옮긴 순간 길고 긴 나무 위에 걸린 강산의 목이 어둠 속에서 희미하게 보였다.

강산이었다. 강산의 주검이 그렇게 서 있었다. 몸도 형체도 없이 오로지 강산의 목만이 덩그러니 걸려 있었다.

사람들은 강산을 모욕하고 저주했다. 때로는 강산 같이 살면 인생이 허망하고 처참하게 끝난다는 본보기가 여기 있다고 비웃었다. 강산을 향한 세상의 비웃음과 모욕은 조선의 산하에 으름장이 되어 검게 일렁였다.

초이는 행랑어멈의 도움으로 강산의 머리를 내렸다. 강산의 머리를 품에 안은 채, 초이는 소리 없이 통곡하고 또 통곡했다. 누가 보면 안 될 일이었다. 누가 보면 초이와 가족들이 전부 목숨을 잃게 될 것이며 스승 바루 또한 위험에 처할 일이었다.

단월이가 어느 샌가 두 사람 앞에 서 있었다.

"마님, 어서 떠나셔야 합니다. 위험해요. 어서 가셔야 합니다.'

"단월이가... 니가 어찌 따라왔느냐."

"저는 어려서부터 소화마님과 도련님을 모셔왔던 사람입니다. 마을 사람들은 마님에 대한 은혜가 깊어서 이 일을 발설하지 않겠지만 이곳은 도성입니다. 적들이 사방에 깔려있어요."

"..."

"제가 지키고 있을 테니 마님께서는 어서 대감의 시신을

179

수습하세요. 시간이 없습니다."

　강산의 얼굴은 죽은 자의 얼굴이 아니었다. 그렇게 한스럽게 죽었으면서도 감겨진 눈가에는 원한이 묻어있지 않았다.

　바람처럼 소리가 들려왔다.

　"반역이다. 반역이야. 강산이 임금을 갈아치우고 자신이 임금이 되려고 했어."

　"아니야. 대감은 우리가 주인이 되는 나라를 만들려고 했던 거야. 우리 백성들을 위해서 저렇게 처참한 주검이 된 거야."

　"우리라도 대감을 믿어주고 지켜줘야 했어."

　사람들의 목소리가 환청이 되어 여기저기서 들려왔지만 이내 바람 속으로 사라지고 빗물에 씻겨 나갔다. 바람은 더욱 거세게 불고 빗줄기는 사나웠다. 천둥소리가 세상의 귀를 막았다. 초이는 강산의 머리를 안고 주저앉아 울면서 몸부림쳤다.

　'당신이 나의 세상인 것을 몰랐습니다. 이리 죽을 줄 몰랐습니다. 너무 늦게 온 것을 용서하세요. 우리는 둘 다, 다른

세상을 떠돌다가 다시 돌아온 거예요. 이제는 절대로 당신 곁을 떠나지 않을 겁니다.'

초이는 정신 나간 사람처럼 휘청거렸다. 허우적 허우적 거리며 검은 치마에 강산의 머리를 안았다. 초이는 검은 치마로 가려진 강산의 머리를 소중하게 품에 안고 언덕배기를 내려왔다. 초이와 행랑어멈 그리고 단월이는 있는 힘을 다해 집으로 돌아왔다. 빨리 강산의 남겨진 시신을 잘 묻어 줘야 했기에 돌아오는 길은 조급하고 험난했다. 집으로 돌아온 다음 날은 유난히도 맑고 바람 한 점 없는 날이었다. 초이는 소복으로 갈아입고 상자에 담긴 강산의 머리를 조심스럽게 들고 가마에 올라탔다. 가마 앞에서 행랑어멈이 걷고 있었고 이윽고 작은산 앞에 다 달았다. 초이는 행랑어멈만을 데리고 산에 오르기 시작했다. 가마는 단월이가 다른 노비들과 함께 지키고 있었다.

초이는 소나무가 우거진 산속으로 들어갔다. 화창하고 나지막하며 비가 오더라도 침수가 되지 않을 땅을 찾아 강산을 묻었다. 그렇게 초이는 그날 강산을 묻고 자신도 땅속으로 묻어버렸다. 강산이 죽은 후 강산을 죽음으로 몰고 간 간신배들은 나날이 치부로 배를 불리고 자신의 가문도 살 찌웠다. 세상은 이상하게도 탐욕스러운 자들에게는 천국 같았고 바른 길을 걷고자 하는 사람에게는 형벌 같았다. 스승 바루는 강산의 장례를 남몰래 치르고 찾아온 초이에게 쓸쓸하게 말했다.

"우리가 모르는 세상의 법칙이 있다고 하는구나. 이번 생만 사는 것이 아니라 육도를 윤회한다고 하니 강산은 분명히 잘 살아온 삶의 보답을 받을 것이라 믿고 있다. 나는 이제부터 윤회를 믿기로 했다."

스승의 말도 그 어떤 위로도 초이는 들리지 않았다. 그렇지만 살아야 했다. 사랑하는 딸 류를 위해서 살고자 했다. 살고자 기를 썼으나 몸은 급격히 여위어가고 있었고 죽음이 운명처럼 다가오고 있었다.

초이가 죽던 날도 비가 세차게 내렸다.

지선은 당당했던 초이가 메말라 가는 것을 아쉬워했다. 초이가 자신보다 먼저 죽음을 맞이하게 될지는 꿈에도 생각지 못했다. 그렇지만 그날이 온 것이다. 온몸이 너무 야위어서 뼈밖에 남지 않았지만 초이의 마지막 모습은 여전히 아름다웠다. 초이는 이미 생을 넘어가고 있었다.

초이는 남겨질 딸을 두고 떠난다고 생각하니 가슴이 아파왔지만 이미 자신의 수명이 다했음을 알았다. 류는 아직 어린 나이여서 엄마의 죽음을 이해하지 못했다. 초이는 죽기 전에 류가 자신의 삶을 잘 이끌어갈 수 있도록 편지를 남겨놓았다. 딸에게 남기는 엄마의 유서였다. 죽어가는 초이는 류의 손을 잡고 미소를 지었다. 그리고는 딸과 눈빛을 나누면서 따뜻하게 말했다.

"류야, 엄마는 이 세상에서 저 세상으로 넘어가는 것이니 너를 떠나는 것이 아니란다. 늘 엄마가 우리 류를 지켜볼 것이니 행복하고 굳건하거라."

초이는 남편 지선을 향해 미소지으며 마지막 말을 남겼다.

"류를 잘 부탁해요. 류가 행복하게 클 수 있도록. 저처럼 엄마를 잃고 살아가는 류가 가슴 아픈 일이 없도록 잘 키워주세요."

"알겠소. 아무 걱정하지 마시오. 우리 류를 생각해서 어떻게든 살아야 하지 않겠소."

이미 초이는 생의 마지막 촛불이 꺼져가고 있었다. 류와 지선을 바라보며 희미하게 미소 짓는 초이는 지선에게 마지막 부탁을 하고 있었다.

"제가 죽거든 제 시신은 행랑어멈이 알려주는 곳으로 묻어주세요. 그곳에서 쉬고 싶습니다."

숨이 가빠진 초이는 잠시 숨을 다시 깊게 들이마셨다. 그리고 지선을 마지막으로 보며 말했다.

"당신은 내게 좋은 지아비였어요... 고마웠어요..."

초이는 눈을 감았다. 세상을 떠난다는 것이 좋았다. 류도 잘 클 것이라 믿었다. 사랑하는 사람도 만났으니 그런대로 좋은 인생이었다. 감겨진 눈은 다시 세상을 보지 못했다. 남은 사람들은 곡하고 울기 시작했다.

마을 사람들이 모두가 통곡했으며 비탄에 잠겼다. 마을

사람들 중에 초이의 보살핌을 받지 않은 사람은 없었다. 모두가 초이의 가족이었으며 친구였고 사랑이었다.

다시 전생의 삶이 흐르고 있었다. 초이는 강산 옆에 묻혔고 초이의 무덤에는 가끔 딸 류가 찾아와 들꽃을 올려놓고 눈물을 훔치며 서 있었다. 남편 지선의 모습도 보였다. 지선은 웃고 있었고 초이가 머물던 안방에서 신야와 함께 나오고 있었다. 신야가 이제는 이 집안의 안방마님이 되어 서 있었다. 딸 류를 바라보는 신야의 눈빛에는 독기가 흘렀고 신소가 고운 옷을 입고 별당에 앉아 있는 모습도 보였다. 순간 미루의 가슴이 타들어갔다.

"신야와 신소의 저주가 결국은 성공한 것일까. 나와 강산은 저렇게 생을 마감했는데 이건 아니야. 이럴 수는 없어. 도해야, 너는 나보다 더 많은 것을 볼 수 있잖아. 그러니 내 딸 류가 행복했는지 말해줘. 부탁이야."

도해가 미루의 손을 꼭 잡으며 미루의 거친 숨결을 걱정했다.

"미루야, 초이로 살았던 삶은 아름다웠어. 진리를 향한 마음으로 사람들을 사랑하는 마음으로 살았기에 정말로 아름다운 인생이었어. 딸, 류는 겪어야 할 인생의 고난을 일찍 겪고 결혼해서는 행복하고 즐겁게 살았으니 마음을 내려놓고 신야에 대한 분노를 가지지 않길 바래. 분노는 누구보다 미루 너 스스로를 헤치는 가장 큰 적이니까."

"신야는 내 것을 가지고 싶어 했고, 다시 태어나서도 나의 곁에서 맴돌며 내 것에 집착했어. 전생에서도 현생에서도 내 남편과 내 재산, 나의 모든 것을 빼앗으려 했고 전생에서도 현생에서도 결국 성공한 거야."

"신야가 얻은 것은 허망한 것이지. 결국 신야는 또 다른 첩실이 들어와서 수모를 겪게 되고 늙어서 쫓겨나고 혼자 길거리에서 죽음을 맞이하지."

"…"

"인생이란 누리고 얻기 위해 살아가는 것이 아니야. 배우고 더 나은 영혼의 단계로 들어가기 위해 삶의 여정을 묵묵히 걷는 거야. 우리가 하고 갈 숙제를 가지고 왔기에 우리는 진실과 진리를 사랑해야 하고 더 깊게 이해해야 하고…"

미루는 초이를 통해 생의 가장 소중한 것이 무엇인가를 알았다. 초이와 강산, 그들은 깊게 사랑했고 존중했기에 그 인연이 이어지고 있었으며 죽어서도, 기억을 잃었어도, 서로를 기억했다.

기억나지 않아도 기억하는 마음이야 오죽할까마는 전생의 처절했던 순간순간들은 미루와 도해의 가슴을 파고들었고 두 사람을 다시 살아 있게 했다.

이제 하나의 전생여행은 끝이 났다.

죽음의 여왕

전생이 끝나자 사야도가 나타났다. 사야도는 긴 머리카락을 휘날리며 미루에게 손을 내밀었다. 미루는 사야도의 손을 잡고 도해와 같이 미루의 방을 떠나고 있었다. 잠시 후 사야도는 미루와 도해를 데리고 긴 복도를 걷기 시작했다.

복도의 끝에는 아름다운 장식의 문양이 새겨진 황금으로 된 문이 있었다. 자세히 문을 들여다보니 문을 장식한 문양들은 죽음의 표식이 하나의 암호처럼 새겨져 있었다. 사야도는 두 손으로 문고리를 잡아서 세 번을 두들겼다.

그러자 크고 육중하며 화려한 황금문이 열렸다.

화려하게 반짝이는 별빛의 옷을 입은 두 남자가 나와서 세 사람을 맞이했다. 그중 한 남자가 말했다.

"우리는 죽음의 여왕님을 모시고 있는 저승의 문지기입니다."

그러자 다른 남자가 말했다.

"죽음의 여왕님께서 기다리고 계십니다. 저희들이 안내하겠습니다. 따라오시지요."

"네."

미루는 편안해졌다. 자신의 전생을 보고 나니 그동안 살아온 삶에 대한 후회와 회한이 너무 크고 아팠지만 이유를 모르고 헤매던 영혼이 안식을 찾은 듯 평화로움이 찾아오기도 했다.

미루는 담담하게 저승의 문지기들을 따라갔다. 사야도, 도해도 함께 걸어갔다. 저승의 문지기들이 이번에는 초록색 문을 열었다. 그러자 아무것도 없는 허공이 펼쳐졌다. 사람도 짐승도 저승의 문지기들도 이곳에 들어가면 사라질 것만 같은 아무것도 없는 곳에 자신도 모르게 들어가고 있었다.

허공 속으로 커다란 의자가 보였다. 그 의자는 허공 위에 떠 있었고 미루는 고개를 들어 의자를 올려다보고 있었다. 멀리서도 커다란 의자의 웅장하고 수려한 모습이 한눈에 들어왔다. 의자의 팔걸이는 수많은 죽음의 이야기들이 새겨져 있었고 등받이는 검은 융단으로 만들어진 듯 부드럽고 따뜻해 보였다. 등받이의 가장자리는 섬세하게 조각한 듯 희고 푸른색의 기호들이 빛나고 있었다.

조금 후 아름다운 옷을 입고 흰 베일을 쓴 여왕이 모습을 드러냈다. 발끝까지 덮인 여왕의 드레스는 푸른색과 붉은색이 너울거리며 물결처럼 흐르고 있었다. 찬란하게 빛나

187

는 검은 머리카락은 길게 내려와 허리를 덮었고 머리위에는 죽은 자들의 손가락뼈로 정교하게 만든 죽음의 왕관이 빛나고 있었다.

여왕은 찬찬히 미루의 얼굴을 깊이 들여다보며 말했다.

"나는 이미 너를 죽음의 거울에서 보았느니라."

여왕은 죽음의 의자에 앉아서 가늘고 하얀 손을 들어 미루에게 가까이 오라 손짓했다.

죽음의 여왕은 그 누구도 저항할 수 없는 카리스마를 지니고 있었고 날카로운 눈빛은 차갑고 강렬했다. 미루는 여왕의 손길에 이끌리듯 여왕 앞으로 다가가고 있었다. 여왕에게 가까이 가려 하자 일곱 개의 계단이 나타났다. 미루는 한 발짝씩 천천히 계단을 올라갔고 여왕이 앉아 있는 곳에 다가가 허리를 숙여 인사했다.

여왕은 미루를 보며 미소 지었다.

"그대는 생각보다 빨리 이곳에 왔더구나. 올 때가 아닌데도 갑작스러운 변고를 당해서 이리 왔으니 다시 돌려 보내 줄 것이다."

미루는 죽음의 여왕의 발아래 털썩 주저앉았다.

'다시 돌려보내 준다니!' 미루는 여왕의 발에 얼굴을 묻으며 단단하고 또렷한 음성으로 말했다.

"다시 저의 생을 살아보고 싶습니다. 실수를 반복하고 싶지 않아요."

"원래 그대의 인생계획은 그게 아니었는데, 그대는 그대를 잃어버리고 말았구나."

"여왕님, 다시 찾으려 해요. 저 자신을 그리고 저의 인생을…"

"그래, 그대는 다시 한 번 그대의 인생을 살도록 하라."

죽음의 여왕은 미루를 따뜻하게 쳐다보다가 이윽고 사야도를 향해 말했다.

"사야도님, 미루님을 데리고 마음의 정원으로 가도록 하세요. 그곳에서 자신을 찾는 일부터 제대로 시작할 수 있게 사야도님이 미루님의 영혼을 도와주세요."

여왕의 말이 떨어지자 사야도는 허리를 숙여 경의를 표했다.

도해는 긴장한 채 꼿꼿하게 서 있었다. 도해는 자신도 모르게 한숨을 쉬고 있었고 또 다시 미루와 헤어지리라 생각했다. 그렇지만 새롭게 미루의 인생이 시작되리라는 생각에 마음이 평화로워졌다.

죽음의 여왕은 도해의 마음을 환히 열어보는 것처럼 알 듯 모를 듯 뜻 모를 미소를 지으며 도해에게 말했다.

"은하수를 지키던 대장군이 아니십니까? 강산으로 사셨다가 은하수로 돌아오셨는데 초이의 환생이 대장군까지 다시 환생하게 했군요."

"다시 만나고 싶었습니다."

"도해로 사시다가 이곳에서 스스로 선택한 저승사자의 길을 가고 계십니다. 사야도님을 모시고 저승사자가 된 이유가 모두 미루님 때문입니까?"

"네. 그렇습니다. 미루 옆에 있고 싶었습니다."

"도해님, 당신의 사랑이 당신을 그리도 끝없이 환생하게 이끌고 있나 봅니다."

미루는 죽음의 여왕이 하는 말을 믿을 수 없었다. 전생에서도, 그 다음 생에서도 늘 한결같은 도해였다. 미루는 자신도 모르게 독백하듯 말하고 있었다.

"도해는 아름다웠을 은하수의 삶을 나 때문에 떠나 왔구나."

미루의 눈가에 촉촉이 눈물이 맺혔다.

도해는 미루의 눈물을 보며 애써 태연한 척 했지만 마음은 요동쳤다. 도해는 다시 한 번 여왕에게 고개를 숙이며 말을 이었다.

"저는 전생의 약속을 지키지 못했습니다. 죽음의 여왕님, 부디 저를 다시 보내주십시오. 미루와 저는 지켜야 할 약속이 있습니다. 결단코 미루에 대한 집착이 아닙니다. 우리는 단 한번이라도 맺어져야 합니다. 그것이 지난 생에서의 우리의 약속이었습니다."

죽음의 여왕은 향기롭게 웃었다. 여왕의 웃음소리는 음악처럼 감미롭고 환희로웠다. 잠시 도해를 깊이 쳐다보더니 환한 미소로 말했다.

"미루님과 함께 가도록 하세요. 도해님도 하고자 하는 삶의 숙제를 매듭짓지 못했어요. 초이와의 약속도 지키지 못하고 일찍 요절했습니다. 이상하게도 두 사람은 약속이나 한 것처럼 생을 빠르게 마감했어요. 강산이 간절하게 바란 다음 생은 권력이나 부귀를 가진 생이 아니었어요. 오로지 미루님을 만나는 것이었습니다. 전생의 약속을 지키는 것이었어요. 강산이 죽는 순간, 초이와 다음 생에서 만날 것을 생각했기에 평화롭게 눈을 감았습니다. 망나니의 칼날에도 미소지으며 죽을 수 있었습니다. 그렇지만 두 사람의 약속은 지켜지지 못했고 이렇게 다시 이곳에 와 있어요. 그러나 다음 생에서 약속이 지켜질지, 아니면 허무하게 끝날지는 아무도 모릅니다. 그 열쇠는 두 사람만이 갖고 있으니까요."

여왕은 도해에게 올라오라고 손짓했다. 도해는 허공 속에서 다시 놓여지는 일곱 개의 계단을 밟고 여왕 앞에 이르렀다. 여왕은 도해에게 손을 내밀었다. 도해는 여왕이 내미는 오른손을 두 손으로 경건하고 굳건하게 잡았다. 여왕은 도해를 따뜻한 미소로 바라보며 말했다.

"그대의 사랑은 이미 지금도 아름답습니다. 그러나 그대가 다시 한 번 미루님과의 환생을 원하고 있으니... 그래요. 함께 떠나세요."

도해는 여왕의 말을 듣고 희망과 기대로 가슴이 뛰기 시작했다. 여왕에게 허리를 굽혀 여러 번 감사의 인사를 올리며 환희로운 미소로 여왕을 향해 손을 모으고 경건하게 절했다. 여왕은 도해와 미루를 지그시 바라보며 천천히 자리에서 일어났다. 그리고는 자신이 들고 있던 히말라야 소나무 지팡이를 들어 올려 허공에서 세 번을 내리쳤다. 여왕의 모습은 사라졌다. 그러나 여왕의 목소리가 남아 있었다.

"그대들 전생의 간절한 약속이 지켜지기를! 그대들이 진정으로 자신을 되찾고 사랑을 되찾기를!"

여왕의 목소리가 끝나지 않은 듯 긴 파장으로 이어지고 있었다. 소리를 뒤로 한 채 그들은 어느덧 마음의 정원에 와있었다.

다시금 새소리가 푸르게 울려 퍼지고 있었고 도해도 미루도 자신의 인생을 가슴 안에 다시 품었다.

사야도는 두 사람만의 시간을 주었다. 두 사람이 함께 가야 할 다음 생의 여행이기에 새로운 인생계획서를 만들어 보라 했다. 그렇게 말하고 사야도는 사라졌다.

미루와 도해는 아름다운 마음의 정원을 거닐었다.

미루의 몸에 그어진 상처가 아물고 있었다. 상처로 인해 목이 조이듯 아팠던 일도 이제는 꿈처럼 사라졌다.

도해는 미루가 회복되는 것을 보고 미소를 지었다. 자신의 아픔이 사라지는 듯 미루의 상처가 사라지자 하늘을 나는 새들을 향해 두 손을 모으고 사방으로 인사를 올렸다. 상처가 아무는 것은 미루의 마음속 원망과 원한이 사라지는 것이었고 새로운 출발을 위한 가장 큰 선물이었다.

전생 동안의 한 생은 실로 한순간이었다. 길고 긴 인생이 어찌 보면 찰나였다. 그렇게 한 생을 순간으로 만나고 흘려보낼 줄은 몰랐다. 미루와 도해는 지난 생에서 가졌던 격랑 같은 파고를 흐르는 바람결에 흘려보냈다. 그렇게 그대로 떠나보냈다.

적막이 깨지며 미루가 편안해진 숨결로 말했다.

"나는 질문이 없었어. 늘 질문이 없었고 대답도 필요 없는 삶을 살았어. 너무 아프고 힘든데... 내게 가장 큰 위로는 내가 살아 있다는 것뿐이었지. 그 살아 있음을 나는 너무 하찮게 생각했어. 살아 있다는 것은 우주를 다 갖는 일인데 나는 그걸 몰랐던 거야. 초이로 살 때도 그렇게 허물어져서는 안됐던 거야."

미루의 눈은 아쉬움과 회안이 뒤섞여 있었다. 정원 속을 거닐면서 향기로운 나무들이 주는 신선한 에너지로 모든 기억들이 되살아났고 곧이어 후회로 가슴이 녹아내렸다. 그렇지만 자신을 안아주는 따뜻한 정원의 숨결은 미루의 마음을 다시 새롭게 살아나게 했다.

미루는 독백하듯 도해에게 말했다.

"고독을 모르고 아픔을 모르는 사람이 어떻게 성장할 수 있겠어. 다른 사람의 아픔을 장난감처럼 처리하거나 논증하는 사람이 어떻게 진정한 위로를 건넬 수 있겠어. 난 고독과 아픔을 아는 것이 중요하다고 생각해. 도해야 너는?"

미루는 확언을 받으려는 심정으로 도해에게 질문 아닌 질문을 하고 있었고 도해는 말없이 고개를 끄덕였다. 가슴속 하고 싶은 말을 다 하라고, 자신은 미루의 말을 기꺼이 온 마음으로 듣겠노라고 도해의 눈빛은 말하고 있었다.

미루는 말을 이어갔다.

"난 좀 더 내 안의 우주를 확대하고 나의 내면을 현미경처럼 섬세하게, 솜털까지도 보고 싶어졌어. 내가 왜 이곳에 와 있는지, 왜 너와 함께 이곳에 있는지도. 이제 드디어 모든 것들에 대한 나의 질문이 시작되고 있어."

미루는 안개가 걷히는 듯 미소지었고 도해는 미루의 손을 잡아주었다.

도해가 부드러운 바람처럼 말했다.

"나는 도해이자 강산으로서 늘 세상을 바꾸려 했지만, 정작 나 자신은 아무것도 바꾸지 않았어. 강산으로 살 때 초이를 너무 사랑했지만 썩어빠진 세상을 바꾼다는 생각으로 가장 소중한 사랑을 떠나보냈지..."

"…"

"사람이 사랑을 배우는 이유는 무엇일까?"

"…"

"사람은 사랑을 통해 영혼이 고양되고 너와 내가 하나라는 사실을 받아들이지. 사람은 사랑을 통해서 인과 연의 모든 것을 배울 수 있는 거야."

"…"

"사람은 사랑을 통해 신에 가까워지고, 가장 인간다워지니까. 우리 내면의 가장 아름다운 본성과 만나게 되니까! 우리 안에는 가장 아름다운 신의 목소리가 있으니까!"

미루는 정원 안에 피어 있는 수많은 이름 모를 꽃들의 향기를 맡았다. 꽃들 또한 각자 자신의 이야기가 있었고 향기가 있었다. 미루는 다시 생각난 듯 힘주어 말했다.

"우리가 환생하면 삶과 죽음의 무게를 똑같이 지니면서 오로지 사랑을 향해 나아가야 해... 그래서 나는 가난한 집에서 태어나고 싶어. 부모님께 받기만 하는 것이 아니라 내가 부모님을 사랑하는 법을 배우고, 그러면서 점점 더 큰 사랑을 하고 싶어. 내 안에는 미루도 초이도 있으니까. 둘 다 제대로 부모님과 소통하고 사랑을 드리지 못했고 둘 다 남자를 사랑할 때도 너무나 서툴렀지. 나는 진정으로 사랑하는 법을 배우고 싶어."

미루는 담담하게 말하며 도해를 보고 있었다. 도해의 진하게 드리운 속눈썹이 서서히 올라가며 미루를 깊이 쳐다보았다. 도해는 미안한 마음으로 말했다.

"나는 초이를 위해 무엇인가를 해야 했어. 가장 가까운 사람도 사랑하지 못하면서 어떻게 세상을 구할 수 있겠어. 세상을 구한다는 일과 내 옆의 사람을 제대로 사랑한다는 일은 정말 같은 거야. 그 두 가지는 함께 해내야 할 일이었어."

도해의 눈가에는 어느덧 눈물이 맺혔고, 더 크고 분명하게 힘을 주어 말했다.

"진심으로 최선을 다해서 집착하지 않고 누군가를 사랑한다는 것은 우주를 사랑하는 일이기도 했던 거야. 작은 사랑이 큰 사랑이며, 큰사랑이 작은 사랑이지. 진짜 소중한 것을 나는 몰랐어."

도해의 말을 듣고 있던 미루는 도해에게 나직하게 말했다.

"우리가 다시 환생했을 때 우리가 결혼을 해야 맺어지는 것일까. 결혼으로 우리가 서로를 속박하고 구속하게 될까 봐 두려워."

"결혼이 구속이 될지, 감옥이 될지 아니면 해방구가 될지, 천국이 될지는 모르는 일이니 결혼을 하건 안 하건 우리가 깊이 사랑하고 서로에게 집착하지 않으며 서로의 행복을 위해 살아주면 될 거라 믿어."

"맞아... 그래! 우리는 한 번도 맺어진 적이 없었지. 다음 생에서는 한 번은 맺어져야 해. 우리, 결혼할까?"

미루의 말에 도해는 환한 미소를 지으며 미루를 따사롭게 안았다. 잠시 그대로 두 사람은 아무 말이 없었다. 이윽고 도해가 미루의 얼굴을 보며 말했다.

"우리, 다음 생을 아름답게 살자. 미루야, 세세생생 사랑한다."

미루는 고개를 끄덕였다. 도해의 말이 파도처럼 일렁이며 가슴으로 들어왔다.

미루는 마음의 정원을 지키고 있는 커다란 바위를 보며

말했다.

"나... 새로운 인생을 시작할거야. 고난도 많을 거고 가난하게 시작할 거고 실패도 많이 해 볼 거야. 인생이란 게임을 즐겁게 살아 볼 거야. 무난하게 잘 먹고, 잘 살기보다는 남의 눈물을 내 손길로 닦아주면서 많은 사람들을 사랑할 거야. 도해야... 나, 그렇게 살아보려 해!"

미루는 기쁨에 찬 목소리로 기도의 마음을 담아 도해에게 잔잔하게 말을 이어갔다.

"흐르는 강물처럼 무던하고 순하게, 때로는 격렬하게 살아 갈 거야. 태양처럼 뜨거운 가슴으로 세상을 만나고 사람들의 가슴속 냉기를 녹여주고 싶어. 아침에 활짝 웃는 나팔꽃처럼 용감하게 하루하루를 시작하고 해바라기처럼 나의 사랑을 잊지 않고 늘 그곳을 바라볼 거야. 나, 다음 생을 정말 잘 살 수 있어!"

미루는 도해의 뺨에 손을 대고 도해의 눈빛을 읽고 도해의 마음을 느꼈다. 두 사람의 마음이 하나의 마음으로 따뜻하게 서로를 안아주고 있었다. 마음의 정원은 시시각각 오색의 하늘빛이었다가 다시 일곱 색깔의 아름다운 석양빛이었다가 이윽고 떠오르는 붉은 태양의 빛처럼 붉은색, 오렌지색으로 너울거렸다. 두 사람은 오래도록 그곳에 서서 한동안 아무 생각 없이 그렇게 서 있었다.

생각이 없어진 자리에서.

기차표

환생기차를 타야 할 시간이 다가오고 있었다. 시간을 알려주듯 사야도가 다시 두 사람 앞에 나타났다. 사야도가 몸을 움직일 때마다 시원한 바람이 흘러가듯 경쾌한 바람 소리가 들렸다.

사야도는 기차역으로 두 사람을 안내했다. 미루와 도해는 붐비는 사람들로 발 디딜 틈이 없는 역 안으로 들어갔다. 역 안은 커다란 도시처럼 넓게 펼쳐져 있었고 군데군데 의자들이 놓여 있었다.

사야도는 깊은 침묵의 목소리로 말했다.

"미루님, 도해님, 저의 임무는 여기까지입니다. 헤어져야 할 시간이 왔군요."

미루가 놀란 표정을 짓자 사야도는 다시 힘주어 말했다.

"이제는 미루님, 당신의 앞날은 당신 스스로 헤쳐 나가야 합니다. 샤인여신께서 주신 붉은색 호리병을 꺼내세요. 그

것을 마셔야 환생기차를 탈 수 있습니다. 도해님은 이미 이곳에서 환생 기차를 탈 수 있는 기차표를 얻었지만 당신은 그 호리병의 붉은 물을 마셔야 기차표를 받을 수 있는 표식이 생길 겁니다.”

미루는 거침없이 그동안 소중히 간직한 붉은색 호리병을 꺼내 뚜껑을 열었다. 호리병은 원래의 크기로 되돌아왔고 향기로운 포도주 같은 붉은색 액체가 담겨있었다. 미루는 천천히 기도하는 마음으로 병속의 붉은 물을 마셨다.

미루는 처음 느껴보는 따뜻함과 생기가 반가웠다. 죽은 자의 몸이 아니라 살아있는 사람의 활기가 생겨난 듯 미루의 심장이 뛰고 있었다.

미루는 사야도에게 진심으로 감사했다. 그의 따뜻하고 자상한 배려가 미루를 안도하게 했기에 샤아도에게 다가가 그를 두 팔로 힘껏 껴안았다.

“사야도님, 너무나 감사해요. 당신이 저의 죽음을 고통이 아닌 새로운 시작으로 만들었어요. 이제 아프지도 슬프지도 않습니다. 이제 다시 못 만나게 될까요? 저는 사야도님이 늘 그리울 거예요.”

사야도는 난데없는 미루의 다정한 포옹에 당황했지만 환하게 웃고 있었다.

“미루님, 우리는 다시 만납니다. 헤어지면 만나고 만나면 헤어지게 되니까요. 미루님의 이마와 손에는 보이지 않는 표식, 기차표를 받을 수 있는 표식이 생겼습니다.”

사야도의 말에 안심한 듯 미루가 환하게 웃으며 다시 사야도를 힘주어 꼭 안았다. 그리고는 사야도에게 속삭이듯 말했다.

"다음에 다시 만날 때는 환하게 만나고 싶습니다. 구질구질한 모습이 아니라 환하고 눈부시게 사야도님을 만나고 싶어요."

"그렇게 될 겁니다. 조심해서 가세요. 기차역 안으로 들어가면 환생티켓을 발매하는 역장이 기차표를 줄 거예요. 기차표를 받은 다음 숫자를 확인하고 타시면 됩니다. 미루님과 도해님은 같은 기차 옆 좌석이 될 거예요."

도해도 사야도에게 다가가 인사했다. 사야도와 도해는 오랜 형제처럼 서로를 바라보았다.

사야도는 두 사람에게 손을 흔들더니 이윽고 사라졌다.

미루와 도해가 서 있는 역 안에는 '환생티켓'이라는 팻말이 붙어 있었고 수많은 사람들이 기차표를 끊고 있었다.

환생역장은 모자를 쓰고 장군 같은 복장을 했는데 콧수염이 인상적이었다. 그는 일일이 사람들의 얼굴과 손바닥을 확인하고 손위에 하나씩 기차표를 주고 있었다.

사람들은 저마다 긴장한 표정으로 표를 받아들고 자신의 숫자를 확인했다. 미루와 도해도 차례를 기다려서 역장에게서 표를 받았다. 역장은 미루와 도해에게 잘 다녀오라며 다정한 얼굴로 인사했다. 4849호 기차였다.

기차는 인간의 시간으로 한 시간 정도 기다려야 했다. 미루와 도해는 대합실 한쪽에 앉았다. 마주 보는 의자에도 사람들이 앉아 있었다. 인간으로 환생하는 사람들만 모인 대합실 이어서인지 앉아 있는 사람들은 저마다 무엇인가를 깊이 생각하고 있었다.

마주 앉은 젊은 여성이 미루의 눈에 들어왔다. 무릎까지 내려오는 코트를 걸쳤는데 눈을 깊게 내리깔고 긴장한 듯 두 손을 쉴 새 없이 비비며 앉아 있었다.

'이 여자도 젊은 나이에 사망했던 걸까.'

미루는 궁금함을 참을 수 없어서 말을 걸었다.

"안녕하세요. 우리는 모두 환생하려는 사람들이죠. 당신도 저처럼 지난 생이 짧았나 보네요."

여자가 얼굴을 들었다. 통통하고 둥근 얼굴에 귀여운 두 눈을 가진 여자는 미루를 보며 살며시 미소지었다. 그녀는 미루를 보며 한숨 쉬듯 말했다.

"저는 오랫동안 환생하지 못했어요. 그러다 지난번 환생했을 때는 같은 고통을 이겨내지 못하고 똑같은 실수를 되풀이 했어요. 이번에는 제대로 살아보려고요."

미루는 그녀의 이마에 주름이 깊이 파이는 것을 느끼며 물었다.

"당신의 지난 생에서의 똑같은 실수는 무엇이었나요? 실례가 되지 않는다면 알고 싶어요. 우리는 다 함께 환생해야 할 존재들이니까요."

여자는 고개를 끄덕였다. 깊고 길게 배어나오는 그녀의

한숨소리가 애처로웠다.

"나는 사랑하는 사람에게 늘 집착했어요. 그가 떠날까봐 두려웠고 그 사람을 잃을까봐 지나치게 초조했죠. 그 사람이 나를 폭행하고 나를 학대해도 나는 견딜 수 있었어요. 나의 집착이 사랑인 줄 알고 견뎌낸 거죠. 그런데 학대를 당하면 당할수록 학대와 폭력은 커져 갔고 끝내 해서는 안 될 일을 저질렀어요. 그것도 나 자신에게... 결국..."

"결국 어떻게 하셨어요?"

미루는 조바심이 나서 물었다.

"결국 저는 자살을 선택했어요. 저의 자살은 다음 생에서도 그 다음 생에서도 저를 학대하고 죽이는 일을 되풀이하게 했고 저는 늘 집착했어요. 심지어 인간으로 환생하지 못할 때조차도 저는 상대에 대해서, 저와 관계를 맺는 대상에 대해서 지나치게 의지하고 집착했죠."

그녀의 긴 머리카락 사이로 보이는 또렷한 눈동자는 새롭게 시작하려는 결의를 보여주고 있었다.

"이제 저는 더 이상 그 누구에게도 의지하지 않고 집착하지 않을 거예요. 절대로 내 생명을 해치는 일은 다시는 하지 않을 겁니다."

미루는 그녀의 손을 다정하게 잡으며 말했다.

"우리가 살아있을 때 우리는 살아있음을, 나의 생명을 너무나 당연하게 생각했어요. 하지만 막상 생명을 잃어보니 살아있다는 존재의 축복이 벅찬 기쁨과 감사함으로 다가와요."

미루는 다시 한 번 그녀의 손을 꼭 부여잡았다.

"나도 당신도 다음 생에서는 우리가 극복해야 할 모든 것들을 떨쳐내고 새롭게 태어나요. 우리는 할 수 있어요."

미루와 여자는 서로 고개를 끄덕이며 미소 짓고 있었다. 잔잔하게 서로를 바라보고 서로를 안타까워하고 서로의 다음 생을 축복해 주었다.

미루는 이름도 모르는 여자의 모습 속에서 자신의 모습을 보고 있었다. 미루로 살 때 병길에 대한 집착이 어쩌면 병길과 세아의 실제 모습을 못 보게 한 것인지도 모를 일이었다.

자신을 속이는 병길의 속마음이 훤히 바닥까지 보였어도 믿고 싶지 않았었다. 미루 스스로가 만든 네모상자 안에서 그냥 믿고 싶은 대로만 믿고, 사실을 있는 그대로 보지 못했다. 그 모든 것이 가장 크게는 집착 때문이었다.

미루는 조바심으로 조금 일찍 대합실에서 일어섰다. 천천히 일어서고 있는 미루 옆에서 도해도 일어났다. 도해는 일어나면서 한 남자와 부딪쳤다. 남자는 짧은 머리를 한 올도 남기지 않고 뒤로 넘겼고 유난히 시원하고 서글서글해 보이는 눈매를 가졌는데 몸에 달라붙는 멋진 슈트를 입고 있었다. 도해는 그 남자에게 미안하다고 말했고, 남자는 멋쩍게 웃었다. 부끄러운 얼굴로 잠시 망설이던 남자는 갑자기 참을 수 없다는 듯이 도해에게 다가와 물었다.

"죄송한데요. 너무 궁금해서요. 실례지만 당신은 다음 생에서 무엇을 하고 싶으신가요. 저는 너무 긴장되고 흥분되어 어찌할 바를 모르겠어요. 급하게 승강장으로 가다가 당신이 일어서는 걸 못 보고 그만 부딪쳤네요. 제가 죄송한일이에요."

도해가 무엇인가 말하려 했으나 남자가 도해의 말을 막으며 쏟아내듯 숨 가쁘게 말했다.

"나는 원 없이 사랑을 해보고 싶어요. 지난 생에는 여자들에게 너무 인기가 없었고 연애도 못 해봤거든요. 짝사랑은 수없이 많이 했고 상상 속에서 여러 가지 사랑을 해봤지만 막상 진짜로 연애를 하거나 사랑을 해보지는 못했어요. 나는 정말 한 번이라도 뜨거운 연애를 해보고 싶어요."

도해는 그 남자의 말을 들으며 미소지었다.

미루는 이 사람이 다음 인생에서 하고 싶은 그 연애가 새로운 공부가 될 거라 생각하며 부디 자신의 소망을 이루게되기를 바랐다. 소망이나 인생에 대한 희망과 계획이 꼭 커다랗고 거창할 필요는 없었다. 우리는 한 걸음씩 나아가면되는 일이고, 때로는 천 걸음을 한 발자국에 걸을 수도 있는 일이었다. 서두르지도 그렇다고 나태할 필요도 없는 것이 인생이니까.

도해는 남자에게 부드러운 목소리로 말했다.

"용기와 자신감을 가지고 다음 생에서 진짜 사랑을 해보시길 저도 바랄게요. 집착이나 소유가 아닌 그대로 상대방을 인정하고 아끼는 그런 사랑을 하길 기대합니다."

도해는 남자에게 손을 내밀었다. 남자는 도해의 손을 잡고 악수를 했다. 남자는 도해에게도 옆에 서 있는 미루에게도 고맙다는 인사를 하고 자신의 기차가 있는 8번 승강장으로 걸어갔다. 그의 발걸음이 가볍고 즐거워 보였다. 도해와 미루는 기차를 타기 위해 7번 승강장으로 향했다.

전생의 기억이 두 사람을 침묵하게 했고 우울하게도 했으며 즐겁고 환희롭게도 했다. 그렇지만 무엇보다 두 사람에게는 지켜야 할 약속을 지키지 못했던 일에 대한 회한이 있었다.

미루가 침묵을 깨고 승강장으로 향하는 계단을 오르면서 말했다.

"나는 한스럽다는 것이 싫었어. 한스럽다는 것은 미련도 원망도 서글픔도 많다는 건데 나는 정말 한스럽게 살고 싶지 않아."

"…"

도해는 미루의 눈가에 살포시 맺힌 눈물이 파도처럼 일렁이고 있다고 느꼈다.

미루는 힘들게 승강장을 오르며 숨이 차는 듯 말했다.

"우리가 잘 못 살아서 한을 남기고 다른 사람으로 인해서 한스럽고… 이제 제발, 우리 한스럽게 살지 말자. 나 이제 제대로 원하는 대로 살아 볼 거야."

"그래, 미루야…"

미루가 도해의 말을 들으며 팔짱을 끼고 해맑게 웃었다.

미루는 다시 힘주어 말했다.

"뭘 해야 할지 알았다는 것이 나를 안심시키고 있어."

"응, 미루야. 우리는 실패를 두려워할 필요가 없어. 인생이란 여행을 즐기면서 하고자 하는 것을 해보고 안 되더라도 아파하지 말자."

도해는 미루와 함께 걷고, 함께 생각하고, 함께 다음 생으로 걸어가고 있었다.

많은 사람들이 기대와 흥분으로 들떠 승강장으로 걸어갔다. 어떤 사람의 얼굴에는 두려움이, 다른 사람의 얼굴에는 흥분과 긴장이 묻어났다. 그렇지만 새로운 인생을 계획하고 지난 생에서 자신의 민낯을 들여다보았기에 사람들의 얼굴에는 잔잔함과 고요함이 함께 흐르고 있었다.

그리움

천천히 계단을 오르던 미루가 마침내 승강장 앞에 서게 되었을 때 갑자기 누군가 뒤에서 자신을 애타게 부르는 소리가 들렸다.

"미루야, 미루야..."

"..."

"미루야. 나다. 나야."

미루는 익숙한 소리에 놀라, 뒤 돌아보았다. 순간 미루는 너무 놀라서 기절할 듯 숨이 멈췄다. 다시 정신을 차리고 보니 어린 시절 병마와 싸우다 돌아가신 엄마였다. 엄마는 병마로 지치고 지쳐서 나이보다 훨씬 늙어 보였고 40대의 나이에도 이미 머리가 백발인데다가 숱이 거의 없다시피 했다. 혹독한 치료 때문에 엄마는 늘 자고 있었고, 미루에게 말 한마디 건네기 어려운 날들이 많았다.

그나마 중환자실에 들어 간 뒤로는 엄마 얼굴을 자주 볼 수도 없었다. 미루는 차가운 병원에서 기계음이 꺼지는 소리와 함께 엄마의 마지막 임종을 맞이했다. 서서히 다리부터 차갑게 식기 시작한 엄마의 몸은 결국에는 온몸이 차갑게 굳어버렸다.

그런데 지금 미루 앞에 서 있는 엄마의 모습은 아름다운 20대의 꽃다운 청춘의 모습이었다. 나의 엄마가 저렇게 아름다운 여인이었다는 것이 도무지 믿기지 않았지만, 분명히 미루의 엄마였다. 미루는 엄마에게 달려가서 엄마를 두 팔에 가득 안았다. 미루와 엄마는 재회의 기쁨으로 눈물을 흘리며 서로를 꼭 안아주고 토닥여주었다.

"믿기지 않아. 엄마가 어떻게 여길... 아빠는 만났어요?"

"사야도님께서 미루가 환생기차를 탈 거라고 알려주셨단다. 그래서 이렇게 급히 올 수 있었고. 아마도 내가 너를 돌보지 못하고 떠나서 한이 서린 내 마음을 위로해 주시려고 그런 것 같아. 아빠는 이미 환생기차를 타고 떠나셨고 나는 새로운 인생준비를 제대로 하려고 이곳에서 시간을 더 가지고 있단다."

미루는 엄마의 길고 탐스러운 머리카락을 만져보며 엄마의 건강한 얼굴을 더할 나위 없이 기쁜 마음으로 확인했다. 자신의 이마를 엄마의 이마에 마주하고 엄마가 이렇게 아름다운 모습으로 존재하고 있는 것에 대해 깊게 안도했다.

"엄마, 정말 이렇게 만나서 나는 뭐라 말할 수 없이 행복해요."

미루의 말을 듣고 엄마는 미소 지으며 말했다.

"죽음은 끝이 아니니까."

"맞아요. 죽음은 끝이 아니라 새로운 세상으로 걸어가는, 우리가 열 수 있는 문이었어요."

미루는 엄마의 얼굴을 두 손으로 감싸며 또다시 눈물이 그렁그렁 차올랐다. 오랫동안 아팠던 일이 걱정이 되어 다시 물었다.

"엄마, 정말 이제 아프지 않나요? 말해보세요. 이제는 병마가 없어요? 엄마가 다음 생에서 또 다시 아프면 어떡해요?"

"아무 걱정말거라. 나는 이미 지난 생에서 병마와 싸우며 시련을 사랑하고 이겨내는 법을 공부했고 다음 생에서의 가장 커다란 발원이 건강하게 다른 사람의 몸과 마음을 치유해주는 일을 하고 싶다는 계획을 세우고 있단다. 설령 내가 다시 아프더라도 나는 예전의 내가 이미 아니란다. 환생해서 살게 되는 내 인생은 더 단단할거야. 순간순간에도 나는 행복할 거고."

"엄마..."

"이제 우리는 언제 다시 만날 수 있을까. 보고 싶었단다. 이곳에 와서도 오래 살지 못하고 너를 두고 떠나야 했던 것이 가장 미안했어. 미루, 사랑하는 내 딸."

"엄마는 저에게 가장 좋은 엄마였어요. 그 사실만은 언제까지든 기억될 거예요. 엄마는 내게 최선을 다했고 진실한 사랑을 주셨어요. 나는 늘 감사하고, 늘 사랑해요."

미루는 다시 엄마를 힘껏 껴안았다.

늘 아프고 고달팠던 엄마의 인생이 죽음 이후 이렇게 아름답게 변한 것이 기쁘고 소중했다.

엄마는 견뎌냈으니까. 엄마는 죽음조차도 당당하게 맞이하고 모든 것을 순리대로 따르며 자신을 소중하게 생각한 사람이었으니 죽어서 이렇게 자신의 빛나는 영혼으로 다시 태어나신거야...

엄마는 미루를 감싸 안으며 쓸쓸하게 말했다.

"미루야... 병원에서 죽어간 것이 내 인생의 후회로 남는구나. 내 딸 미루와 마지막 여행이라도 다녀왔어야 했어. 인공호흡기로 기계가 주는 숨을 받아 쉬는 것이 너무 힘들었어. 자연스럽게 호흡하고 우리 딸이 주는 향기로운 채취를 만나야 했어. 너를 위해 살아야겠다는 의지를 가졌지만, 죽음에 대한 두려움이 컸기에 우리 딸과 작별인사도 제대로 못했었구나."

"엄마, 괜찮아요. 엄마는 최선을 다했으니까요. 제가 환생하더라도 다시 죽게 될 거에요. 제가 다시 죽게 될 때 죽음과 삶이 결국은 하나이며 연결되어 있다는 것을 알고 평화롭고 위엄을 가진 죽음을 맞이할게요. 가족들에게 마지막으로 나의 음성을 전하고, 못다 한 이야기를 눈빛으로 나누며, 그런 따뜻함으로 죽음에게 끌려가지 않고 차분하게 맞이할게요. 정말 열심히 살았노라고. 당당하게 내가 살아가야 할 길을 고뇌하고 아파하고 쓰러지고 좌절하면서도 다시 일어섰다고…아니 설사 주저앉아서 나의 생이 끝난다 하더라도 후회없이 살았노라고 말하며 평화롭게 죽음을 만날게요."

엄마는 미루의 손을 잡고 미루의 뺨에 얼굴에 가만히 갖다 댔다. 엄마와 미루는 서로의 마음을 나누며 이별해야 했다.

"우리, 다시 만날거다. 잘 살아야 한다."

미루는 애써 고개를 끄덕이며 흐르는 눈물을 손등으로 닦았다.

엄마의 목소리가 떨리듯 말했다.

"늦겠구나. 어서 가거라. 이렇게 우리 미루를 다시 만났으니 나는 그것으로 되었다."

"엄마, 그럼…저 잘 살게요. 우리 다시 만나요."

엄마는 미루가 사라질 때까지 하염없이 서서 미루의 등을 바라보고 있었다. 아름답게 흘러내리는 깊은 흙색의 머리카락이 찰랑거리고 있었고 그리움과 사랑의 눈물이 흐르고 있었다.

엄마와 헤어져 승강장을 내려가며 미루는 엄마를 만난 일이 기적이라 생각했다.

미루는 갑자기 인도에서 만났던, 구걸하는 아이들의 얼굴이 떠올랐다. 수많은 아이들이 해맑은 얼굴로 웃고 있었다. 뜨거운 햇살에 검게 그을린 아이들은 마르고 작은 체구에 커다란 목소리로 "원 달러!"를 외치며 미루에게 몰려들었다. 때로는 화려한 인도의 전통의상을 입은 여인이 아이를 업고 달러를 구걸하기도 했다. 화려한 여인의 의상과 구걸하는 걸인이라는 상황이 이상하게도 기가 막힌 조화를 이루었다.

인생이라는 것이 무엇일까. 끊임없는 부조화속의 조화와 조화속의 부조화가 꿈속같이 일렁이는 일이 아닐까.

내가 죽기 전에는 살아 있다는 것이 진짜인 줄 알았는데 전생이란 하나의 필름이 영화처럼 흘러갔고 수많은 전생들이 모여서 내가 진화하고 있었다.

인간이 사이보그가 되어 영생하게 된다고 하더라도 그 사이보그가 진정한 내가 될 수 있을까. 트랜스 휴먼이 된다고 하더라도 그 트랜스 휴먼으로의 삶이 진정 나로서의 삶이 될 수 있을까. 미루는 다시 태어나서 영생을 꿈꾸기보다는 새로운 몸과 마음으로 제대로 살아보는 인생을 선택할 거라 생각했다. 아니면 도해와 함께 은하수, 별들의 나라로 가서 천상의 삶을 살고 싶기도 했다. 이런저런 생각들이 설레이는 물결처럼 미루의 가슴에서 살랑살랑 즐겁게 소곤거렸다.

'생각하면 생각하는 대로 이루어진다.'

사야도님이 미루에게 늘 당부했던 말이었다. 미루가 어떤 꿈을 꾸고 어떤 생각을 하는가에 따라서 인생이 달라진다고 사야도는 애써 힘주어 말하곤 했었다. 미루는 사야도의 마지막 말을 가슴에 품었다.

얼마쯤 걸었을까 미루와 도해는 드디어 승강장에 도착했다. 들어가는 입구에는 〈망각의 강을 건너면 당신의 기억은 사라집니다.〉 라는 문구가 쓰여 있었다.

망각의 강은 바다처럼 파도치고 있었고 가끔씩 거센 물결이 기차를 타기 위해 서 있는 사람들의 옷을 적시기도 했다.

사람들은 파도에 옷을 적셔지면 놀란 듯 소리를 지르며 펄쩍 뛰어올랐는데 싫지 않은 기색이었다. 망각의 강물이 자신의 옷을 물빛으로 적실 때면 상기된 표정으로 행복한 기색이 역력했다.

강물은 도도히 흐르고 있었다. 푸른색 물결이었다가 산호색이 되었고, 다시 붉은색 물결로 순간순간 수천가지의 오묘한 색깔로 바뀌고 있었다.

신비하고 아름다운 망각의 강은 발이라도 내딛으면 모든 것을 삼켜버릴 듯 두려움을 주고 있었다. 그렇지만 마치 황홀경처럼 망각의 강은 모든 이들에게 요염한 유혹의 손길이었다. 빠져들고 싶은 충동을 억누르며 미루도 망각의 강 앞에 서 있었다.

아마도 망각의 강에 빠진다면 영혼마저 잠겨 버릴게 분명했다.

미루는 망각의 강을 잊지 않기 위해 망각의 강이 노래하는 모든 움직임과 춤사위를 세심하게 보고 또 보며 마음에 담았다. 이 모든 망각의 노래가 자신에게 주는 커다란 위로가 있었다.

망각의 강이 갖고 있는 수많은 색채가 인간사의 복잡함과 고달픔을 말해주는 듯했다.

고달픈 인생을 다시 살기 위해 나는 기차역에 와 있는 거야. 왜 나는 다시 살고 싶을까. 나의 존재는 어떻게 살아야 진정으로 사는 것일까. 내가 또 다시 전생의 실수를 반복하지 않을까. 내가 정말 나를 소중히 여기며 진정한 주인으로 내 인생을 살아갈 수 있을까.

산다는 것은 늘 괴로움과 고달픔, 쓸쓸함과 고독함을 불러오고 있었다. 나는 그 속으로 다시 들어가려 하는 것이다. 다시 시작한다는 것은 굉장한 축복이지만 그만큼의 책임이 있는 것이리라.

나는 어쩌면 다음 생에서도 이번 생 보다 혹독한 고통을 만나야 할 거야. 다음 생에서는 진정으로 산다는 것의 의미를 되찾고 나와 도해의 소중한 생이 시작되는 거지. 도해와 나에게 있어서 처음으로 제대로 함께 할 수 있는 기회가 주어진 거야. 나는 나를 찾을 거고 사랑을 찾을 거야. 생의 의미를 타인에게 주는 사랑에서 찾을 거란 내 자신의 인생계획서를 기억해야 해. 전생은 잊게 되더라도. 이 강을 건너서 모든 것들을 까맣게 잊어버리게 되더라도.

　수많은 질문과 답들이 망각의 강물 위로 떠다니고 있었다. 도해가 미루의 마음을 읽기라도 한 듯 따뜻하게 어깨를 토닥여주었다.
　미루는 도해의 미소를 마음으로 느끼며, 잘 살 수 있을 거라 안심했다. 4849호 기차를 타기 위해 두 사람은 차례로 기차에 올라탔다. 기차는 검은색으로 길고 웅장한 위용을 드러내고 있었다. 다른 사람들도 저마다 자신의 숫자에 맞는 기차를 기다리거나 타고 있었다.
　기적 소리가 울려 퍼질 때 천둥이 내려치는 듯 장엄했다. 기차는 떠나고 있었다. 차창 밖을 보니 기차는 물 위를 달리고 있었다. 기차는 천천히 달리기 시작하더니 광속으로 날아올랐다.
　미루와 도해는 자신들이 살아야 할 삶을 알고 있었고 이번에는 제대로 살겠노라고 결심하며 두 손을 꼭 잡고 있었다. 이미 망각의 강을 건너기 시작한 그들은 점점 전생의 기억을 잊어가고 있었다. 아니, 다시 태어나고 있었다.

예지몽

새벽 5시, 미루는 외마디 비명을 지르며 잠에서 깨어났다. 미루는 머리를 쓸어 올리고 슬리퍼를 신었다.

매일 같은 꿈을 꾸고 있었지만, 꿈속에서 전해지는 간절함은 늘 다르고 더 생생했다.

미루는 꿈속에서 매일 벼랑에서 떨어지고 있었고 벼랑에서 떨어질 때마다 한 남자가 미루의 손을 잡아주었다. 그때마다 미루는 비명을 지르며 필사적으로 남자의 손을 잡았다.

그리고는 깨어났다.

미루의 나이 이제 갓 스물 한 살이었다. 대학에 들어갔고 모든 것이 평화로웠다. 가난한 집안 형편으로 안 해본 일이 없었다. 코로나 때문에 집에서 비대면 수업으로 학교강의가 끝나면 인사동으로 와서 액세서리와 스카프를 파는 아르바이트를 했다.

어느 날 한 남자가 가게 안으로 들어왔다. 미루는 무심코 남자가 가지고 온 스카프를 포장하다가 남자의 얼굴을 보게 되었다. 순간 미루는 너무 놀라 비명을 지를 뻔했다. 그 남자였다. 꿈속에서 자신을 구해준 남자! 벼랑에서 떨어질 때마다 손을 잡아준 남자!

미루는 조심스럽게 말을 걸었다.

"포장을 잘 안 해드리는데 특별한 선물이라고 하셔서요. 중요한 분에게 선물하시나 보네요."

"네, 엄마 생신이세요. 엄마가 스카프를 좋아하셔서... 이곳에는 예쁜 스카프가 참 많네요."

남자는 친절했다. 미루는 남자를 그냥 보낼 수가 없었다. 꿈속에서 만났던 그 사람이 분명하다고 느꼈기에 이 사람을 그냥 보내면 안 될 것만 같았다. 미루는 남자에게 나이노 물어보고 급기야는 이름까지 물어보고 있었다. 처음 보는 사람에게 예의가 아니라고 생각했지만 자기도 모르게 이상하게 말이 저절로 술술 나왔다. 미루 스스로도 참 난데없다는 생각이 들었는지 자신도 모르게 얼굴이 빨갛게 달아올랐다.

남자는 미루와 동갑내기였으며 이름은 정록이라고 했다. 정록은 스카프를 파는 가게의 아르바이트생으로 보이는 여자가 좀 희한하다고 생각했다. 손님에게 이름까지 물어보다니... 좀 어이가 없기는 했지만 이상하게 싫지 않았다. 이름이 미루라고 하는 이 여자가 이상하게 참 친근했고 오래 만나온 사람 같았고 그냥 좋았다. 정록은 부끄러움이 많은 성격이었지만 용기를 내서 미루의 눈치를 살피며 말을 건 넸다.

"우리 나이도 같고 통성명도 했으니 시간 되시면 아르바이트 끝나고 커피 마시면 어떨까요. 오늘은 엄마 생신이시니 어렵고 다른 날은 미루씨에게 맞출 수 있어요."

미루는 속으로는 안도의 한숨을 쉬고 있었지만 겉으로 티가 나지 않게 나름대로 조신하게, 잘 보이고 싶은 마음을 억누르며 기어들어가는 목소리로 대답했다.

"네, 저는 내일 시간이 괜찮아요."

미루는 말을 끝내면서 자기도 모르게 배시시 웃고 있었다. 미루도 미루의 웃음에 깜짝 놀라 무안해 할 때 정록도 환하게 소리 내어 웃었다.

두 사람은 오랜 연인처럼 금세 가까워졌고 떼려야 뗄 수 없는 사이가 되고 있었다. 만난 지 얼마 안 됐어도 서로가 서로를 깊이 이해했고 습관이나 버릇도 이미 알고 있는 사람들처럼 배려하고 이해했다.

낙원상가 앞에는 미루가 좋아하는 감자를 직접 갈아서 전을 구워주는 가게가 있었다. 그날은 미루의 아르바이트가 일찍 끝났고 두 사람은 실낙원 옆, 감자전을 잘하는 간판도 없는 가게에서 이런저런 이야기를 나누고 있었다. 호주머니가 늘 비어 있는 서민들에게 낙원이라는 말은 어떤 느낌일까. 낙원이라는 말은 그냥 하나의 이름일 뿐 어떤 위로도

주지 못했지만 그래도 미루와 정록은 낙원상가 옆, 작고 다정한 이곳이 좋았다.

두 사람이 한참을 이야기하며 웃고 있는데, 웬 중년의 여자가 정록을 뚫어져라 쳐다보며 지나가고 있었다. 화려한 옷을 입고 짚은 브라운색 선글라스를 낀 여자는 정록과 미루를 한참 동안 응시하다가 사라졌다. 이제는 50대 중반의 나이가 된 세아였다.

지옥 같은 세상

세월은 쏜 살처럼 흘러갔다. 세아는 내연 관계였던 병길을 차지했고 바라는 대로 결혼했다. 두 사람의 결혼식은 화려했다. 한국에서 한 번 미국 하와이 바닷가에서 한번, 이렇게 두 번의 결혼식을 하면서 자신들의 인생을 인정받고 자랑하고 싶어 했다. 마치 자랑질이 인생의 목적인 듯 했다. 세아는 세상을 다 가진 듯 거만했다. 미루의 디자인 회사는 이제 세아가 대표가 되어 운영하고 있었고 그나마도 귀찮아져서 실장에게 모든 일을 맡긴지 오래되었다.

그러나 탐욕이라는 뜨거운 불덩이로 만난 병길과 세아는 서로에게 곧 시들해졌다. 언제부턴가 두 사람은 사소한 일로 서로에게 무지막지하게 화가 났으며, 급기야는 수시로 상대에게 분풀이를 했다. 세아는 미루가 아니었다. 병길은 세아의 폭력과 폭언에 시달리기 시작했다. 세아는 화가 나면 물건을 들고 병길을 때리기 시작했다.

"미친놈, 무능한 놈! 돈을 더 벌어 와야 내가 살지! 그렇게 능력이 없냐!"

세아는 병길에게 비수를 꽂듯 말을 뱉어내며 협박도 서슴지 않았다.

"이혼해줘. 물론 전 재산은 나한테 주고. 안 그러면 니가 미루언니를 죽였다고 내가 신고할 거야."

"…"

"그러니까 빨리 이혼도 하고 너도 새로운 인생을 시작해."

"누구 좋으라고 내가 이혼을 하겠어. 절대로 안 할 거야. 미루가 아니라 너같이 악한 년이 죽었어야 했는데!"

병길의 말이 끝나자마자 세아는 배꼽을 쥐고 웃기 시작했다.

"지금 후회해도 소용없어. 니가 부인이었던 미루언니를 죽이고 나를 선택했으니까."

병길은 주눅 들었고 밖으로 나가면 자주 들어오지 않았다. 어쩌다 집에 들어오면 세아의 폭력이 기다리고 있었다. 세아의 매질은 심해졌고 병길은 이곳이 지옥이라 생각했다. 죽어서 지옥을 경험하는 것이 아니라 이미 살아서 지옥에 와있다고 느꼈다. 달콤한 욕망을 쫓았을 뿐인데 늪처럼 헤어나기 힘든 수렁에 떨어졌고 나오는 길을 찾기 힘들었다. 그렇지만 세아 말대로 전 재산을 뺏기고 이혼까지 해주지는 않겠다고 이를 부득부득 갈며 결심했다.

'세아 너만큼 나도 나쁜 놈이거든. 너도 늪 속에 빠진거

야.'

어느 날 집에 들어온 병길에게 세아는 다른 날보다 더 사납게 소리를 질러대며 발악하듯 말했다.

"너는 니 부인도 죽인 인간이잖아. 나는 사실 죽이고 싶지 않았어. 미루언니를 죽인 건 너야. 그런 니가 나한테 무슨 짓을 할지 모르니 나도 준비를 해두어야지."

"너도 죽이려 했잖아. 같이 죽인 거야. 너의 꼬임에 빠져서 죄 없는 사람을 죽였던 거야. 이제 와서 발뺌한다고 나만이 죄를 지은거라 우길 수는 없지. 암, 그렇고말고. 하늘이 보고 있어!"

세아는 병길의 말이 끝나기 히스테릭하게 웃었다. 하이에나 같은 사나운 웃음소리는 상당히 긴 시간 동안 이어졌다. 세아는 웃어도 웃어도 웃기다는 듯 웃어댔다.

"그래서? 그게 뭐? 어쨌든 죽인건 너잖아. 너는 내 말을 잘 듣고 살아야 해. 안 그러면 너는 살인자로 평생 감옥에서 썩어야 할 거야."

병길은 세아가 무서웠다. 세아는 미루가 아니었다. 미루는 뭐든 병길의 말을 다 들어주고 병길이 행복한 일이라면 자신을 참아내며 희생했다. 병길은 그런 미루의 헌신과 사랑이 당연하게 여겨졌고 고맙지도 애틋하지도 않았다. 좋은 아내였던 미루에게 보답은 못할망정 자신은 세아와 바람이 나서 미루를 죽이기까지 했다. 그래서 이곳에, 세아와 함께 지옥의 한복판에 자신이 있는지도 모를 일이었다.

그래도 병길은 뻔뻔했다. 달리 살 방도를 찾으려 했고 어떻게든 세아의 눈을 피해서 자신의 욕망을 채우고 싶어 했다. 세아에게 병길은 점점 쓸모가 없는 인간이 되고 있었다. 병길은 세아의 협박에 무너지고 있었다. 병길의 재산은 이미 세아의 것이 되었으며 모든 명의를 세아의 것으로 해 놓았다.

세아는 병길을 자신의 노예나 다름없다고 생각했다. 그렇지만 쓸모가 없어진 병길을 데리고 사는 일이 너무 시시했고 짜증이 났다. 세아는 빈털터리가 된 병길을 내쫓았다.

병길은 변호사일도 할 수 없게 되었다. 조급하게 많은 돈을 벌려다 보니, 하는 일이 남의 뒤통수를 치는 일이었고 약자의 마지막 숨통을 조이는 일을 하게 되었다. 결국 변호사법 위반과 사기죄로 단단히 걸려들었고 감옥도 다녀왔다. 이제 병길의 이름은 법조계에서 사기꾼의 대명사처럼 되어 있었다. 세상 어디에도 병길을 믿어주는 사람은 없었고 의지할 곳도 없었다.

만약 미루가 살아 있었다면, 자신의 모든 것을 던져서라도 병길을 구했겠지만 미루는 없었다. 자신이 미루를 죽였으니까.

결국 돈 한 푼 없이 쫓겨난 병길에게 세아는 이혼을 해주면 약간의 돈이라도 쥐어주겠다고 했지만 병길은 세아를 괴롭히기 위해 끝까지 버틸 작정이었다.

어느 날 병길은 서울역에 있는 길 한 모퉁이에 신문지를 깔고 누워서 자기 시작했다. 노숙자들이 처음에는 무서웠으나 화장실에 들어가 자신의 모습을 보니 영락없는 노숙자 신세였다. 돈이 조금이라도 생기면 그 돈으로 술을 먹었고 술에서 깨어나면 다시 노숙을 하고 구걸을 했다.

병길은 노숙을 하면서 천벌을 받고 있다고 생각했다. 추운 겨울이면 서로가 신문지 한 장을 두고 싸웠고, 따뜻한 서울역 구석 자리를 차지하기 위해 사투를 벌여야 했다. 병길을 아는 사람이라 하더라도 병길을 알아보지 못했다. 서울역 안은 늘 붐볐고 수많은 행인들이 오고 갔다.

사람들은 땅을 보고 걸을 뿐, 주위를 둘러보지 않았다. 병길 같은 노숙자를 보더라도 얼른 시선을 거두었다. 구걸하는 사람을 보면, 대부분은 연민과 불편함을 함께 느꼈다.

겨울의 삭풍이 몰아치는 밤이었다. 병길은 다른 노숙자들과 싸워서 제일 좋은 자리를 차지하고 여러 겹의 신문지와 종이박스를 덮었다.

한기 때문에 잠을 이루지 못한 채 한참을 뒤척이던 병길은 세아가 잘 가는 피부과에 가야겠다는 생각이 들었다.

'재산을 전부 다 뺏기고 내가 이렇게 된 것은 세아 때문이야. 가만있지 않을거야.'

다짐에 다짐을 했어도 병길은 세아가 무섭고 두려웠다.

'그래, 내일 세아가 가는 피부과에 가야겠어. 목요일마다 늘 피부과를 갔으니까 거기서 기다리면 만날 수 있겠지. 세아, 너 때문에 내 인생은 망가졌어. 너도 나처럼 망가져야

해! 내가 사는 이유는 너를 망가트리는 거니까!'

세아는 병길을 잊어가고 있었다. 이 남자 저 남자 가리지 않고 만났고, 헤어지고 또 만났다. 지긋지긋한 병길을 쫓아내고 나서 마음이 편해질 줄 알았는데 늘 공포감과 허망함이 밀려왔다. 세아는 그 허망함을 다른 남자를 만나서 해결하고 싶었다. 그 때 정록이 나타났다.

세아는 어느 날 커피를 마시러 갔다가 아르바이트를 하고 있는 정록을 보았다. 나이 차이로 따지자면 엄마와 아들뻘이었지만 그게 무슨 상관이랴. 세아는 정록을 보는 순간 이유 없이 너무 좋았다. 매일 출근하듯 커피를 마시러 갔고 정록의 출퇴근 시간도 알게 되었다. 사랑하고 있는 것 같았다. 이날부터 세아의 광기어린 정록에 대한 애정 공세는 시작되었다. 정록이 일을 마치면 기다렸다가 정록에게 말을 걸었다. 정록은 그런 세아를 미친 여자 보듯 대했다.

참다못한 정록은 어느 날 세아를 향해 말했다.

"이런 식으로 스토킹하시면 신고하겠습니다. 다시는 내 앞에 나타나지 마세요."

"학생, 난 그저 학생하고 식사 한 번만 하면 … 내 남동생 같아서 그래요. 학생도 나하고 친해지면 이런 아르바이트 안 하고 편히 살 수 있어. 학생이 해달라는 거 다 해줄 수 있거든."

"참 이상한 분이군요. 안가시면 경찰에 신고하겠습니다."

"알겠어요. 사람의 일이란 알 수 없죠. 우리가 어떤 사이가 될지는 아무도 모르는 일이에요. 오늘은 그만 갈게요."

"…"

세아는 나이 어린 남자에게 매몰차게 거절당하는 자신이 황당했고 불쌍하기까지 했지만 정록을 포기할 수 없었다. 자신도 그 이유가 궁금했지만 까닭모를 그리움과 애증은 커져만 갔고 정록에 대한 집착은 거센 파도처럼 세아를 집어삼키고 놓아주질 않았다. 세아는 자신을 다그치며 혼자 중얼거리곤 했다.

'내가 미친거야. 정말 미쳤어…'

세아는 머리를 매만지며 매장을 빠져나왔다. 머릿속에는 온통 정록에 대한 생각뿐이었다. 정록의 약점을 쑤시고 들어갈 곳을 찾아야겠다고, 수단과 방법을 가리지 않고 무슨 수를 써서라도 정록을 자신의 남자로 만들겠다고 생각하니 비로소 숨을 쉴 수 있었다. 세아는 이미 정록에 대한 온갖 정보를 비밀리에 캐내고 있었다.

'어떻게 저렇게 눈부실 수 있을까. 가난한 대학생일 뿐인데 왜 내 마음이 이리 흔들리고 매일 그 사람 생각만 하게 될까… 분명히 약점이 있을 거야. 내 사랑을 받아줄 수밖에 없게 만들려면 구멍을 찾아내야 해. 나이 때문인가. 모든 더러운 오물이 내 몸 위에 붙어 있는 것 같아. 저 사람이 내 남자가 되면 틀림없이 나도 화사한 인생을 살게 될 거야.'

이런 저런 생각을 하며 세아는 습관처럼 피부과를 찾았

다. 늙어간다는 사실을 받아들일 수 없었던 세아는 젊어지기 위해 필사적으로 노력했다. 노력 덕분인지 세아는 나이보다 훨씬 젊어 보였다. 단골 피부과 입구에서 직원에게 자동차 키를 주고 발렛 파킹을 맡겼다.

그렇게 유유히 병원 입구로 들어서려는 순간 갑자기 웬 노숙자가 나타나 세아의 옷을 세차게 잡아당겼다. 세아는 소스라치듯 놀라서 비명을 질렀다. 비명 소리에 경비원이 급히 달려와 노숙자를 막아섰다.

노숙자는 다름 아닌 병길이었다. 병길은 세아를 향해서, 모든 사람들이 들으라고 큰 소리로 말했다.

"내가 니 남편인데 남편이 팔을 잡았다고 소리를 지르는 마누라가 어디 있어!"

병길은 경비원의 손을 뿌리쳤고, 경비원은 놀라서 뒤로 물러섰다. 세아는 병길의 태도에 화가 났지만 어찌할 바를 몰랐다.

'이 새끼가 내가 미루언니처럼 약하다고 생각하는 거지. 죽여 버리겠어!'

병길은 다시 한 번 세아의 팔을 잡아당겼고 이번에는 팔을 벌려 세아를 안았다. 세아는 병길의 몸에서 나는 썩은 냄새로 숨이 막혔다. 오랫동안 씻지 않아서인지 병길의 몸에서 나는 고약하고 지독한 악취가 숨통을 막았다.

세아는 몸서리를 치며 소리를 질렀다.

"니가 무슨 남편이야. 이거 놔!"

세아는 경비원을 향해서 소리를 냅다 질렀다.

"옷에 묻은 냄새 때문에 다시 집으로 가야겠어요. 이 남자는 내 남편이 아니니까 경찰서로 데려가던지 당신이 데리고 있던지 내 앞에 다시는 못 오게 하세요."

경비원은 세아를 알고 있던 터라 연신 굽신거리며 병길의 몸을 잡았다. 병길은 비열한 웃음을 지으며 더 이상 아무 말도 하지 않았다.

세아는 다시 집으로 차를 몰았다. 차안에서 세아는 머리를 긁어가며 소리를 질렀다. 분이 안 풀린 듯 거세게 차를 몰아 집에 돌아 온 세아는 반쯤 정신이 나간 사람 같았다.

세아는 핸드폰을 들고 전화를 걸었다. 한 남자가 전화를 받았고 집으로 들어오라는 세아의 말에 남자는 알겠다고 대답했다. 한 시간 후 한 남자가 세아의 집 초인종을 눌렀다. 세아는 남자를 들어오게 했다.

길고 화려한 세아의 집 복도는 세아의 자랑인 값비싼 그림들이 걸려 있었다. 거실 가운데 한 남자의 사진이 웃고 있었다. 도해의 사진이었다. 세아는 도해의 사진을 보며 도해가 자신의 남자라도 된 듯 쳐다보고 또 쳐다봤다. 그리고는 도해의 사진 옆에 걸려 있는 자신의 사진을 뿌듯하게 바라보곤 했다.

복도를 거쳐 거실로 들어온 남자는 검은 슈트를 입고 있었고 건장한 체격에 짧은 스포츠 머리를 하고 있었다. 40대 중반쯤으로 보이는 그는 온 몸이 단단한 근육질로 덮여 있었다. 남자는 세아에게 목례를 하고 자리에 앉았다.

세아는 남자와 친한 사이인 듯 거침없이 말을 시작했다.

"자기야, 자기가 그동안 내가 싫어하는 인간들을 죽여줘서 내가 살기가 너무 좋았거든. 그 대신 내가 자기에게 돈을 많이 줬잖아... 이번에는 노숙하고 있는 남편이라는 작자를 죽여줘야겠어. 살인을 위장하는 것은 자기가 선수니까 알아서 하고."

세아는 자신의 길고 화사한 손톱을 들여다보며 말을 이었다.

"내가 지금까지 죽인 사람이 셋이니까 하나 더 죽이면 죽을 사, 넷을 채우는 거네."

남자는 세아가 건네준 병길의 사진과 여러 가지 정보를 확인하고 다시 말없이 앉아 있었다. 세아는 소파에 등을 파묻은 채 다리를 꼬고 앉아 얼음같이 차가운 음성으로 남자에게 말했다.

"어떤 일이 있어도 혹시 살인이 발각되더라도 나는 안전해야 돼! 알고 있겠지만"

남자는 고개를 끄덕였고 세아는 안심한 듯 남자를 돌려보냈다. 세아는 혼자 있는 집안에서 잠시도 앉아 있지 못하고 중얼거렸다.

"병길을 없애야 해. 나도 사랑받고 사랑하고 싶어. 왜 내 인생에는 사랑이 없는 걸까."

"어떻게 해서든지 정록이를 내 남자로 만들어야 해."

그러면서 힐끗 도해의 사진을 올려다봤다.

"도해오빠, 이제 내게도 사랑하는 사람이 생겼어. 미루언니가 죽고 나서 내가 제일 먼저 한 일이 뭔 줄 알아? 바로 언니가 서랍 속에 간직한 오빠의 일기장을 가져오는 일이었어. 오빠는 미루언니가 아닌 나를 선택해야 했어. 난 오빠의 일기를 읽으며 치를 떨었지. 그리고는 불살라버렸어. 오빠의 사랑이 흔적도 없이 사라지길 너무나 바랬는데 … 설마 죽고 나서 두 사람이 만난 건 아니겠지? 물론 그런 일은 없어야 해"

세아의 말은 공허하게 허공을 맴돌았고 사진 속 도해는 여전히 따뜻한 미소로 웃고 있었다.

두 여자

오늘도 세아는 온갖 시술과 마사지를 하고 나오는 길이었
다. 젊음을 되살리고 싶었던 세아는 현대 의술로 자신은 늙
지 않을 거라 다짐을 거듭했다. 정록과 사랑에 빠진다면 완
벽한 젊음과 청춘을 가지게 될 거라는 생각도 했다. 세아는
그런 기대감에 부풀어 정록이 아르바이트하는 매장 앞을
서성거렸다.

잠시 후 일을 마친 정록이 걸어 나왔다. 정록은 가게에서
나와 세아를 본 듯 했지만, 눈을 마주치지 않고 버스정류장
으로 황급히 걸어갔다. 정록의 무관심에 세아는 정록에게
다가가 말을 걸기도 하고 장난을 치며 팔장을 끼려고도 했
다.

하지만 세아가 정록에게 아무리 말을 걸어도 정록은 묵묵
부답이었다. 세아의 팔을 매몰차게 뿌리치기도 했다.

정록이 걸어간 버스정류장에는 어떤 아가씨가 기다리고

있었다. 두 사람은 만나자마자 다정하게 서로를 바라보고 환하게 웃었다. 누가 봐도 두 사람은 젊은 연인이었다.

세아는 이 아가씨를 기억할 수 있었다. 지난번 낙원상가의 그 허름한 집에서도 정록은 이 아가씨와 함께 있었다. 세아는 이름도 모르는 젊은 아가씨에게 질투와 분노를 느꼈다.

'저 여자애를 죽여서라도 정록을 내 남자로 만들어야 해.'

자신이 너무나 갖고 싶은 남자와 함께 웃고 있는 여자의 정체도 모른 채 세아의 가슴은 타 들어갔다. 두 사람의 투명한 웃음소리가 공기를 움켜쥘 때 마다 세아는 자기 가슴을 쥐어뜯었다. 세아는 두 사람 앞에서 결국 멋쩍게 발걸음을 돌려야 했다. 하지만 젊은 여자에 대한 뒷조사를 서둘러야겠다고 생각했다.

드디어 심부름 업체로부터 연락이 왔다. 세아는 모든 일정을 취소하고 초조하게 심부름업체 사무실로 향했다. 허름한 건물 앞에 도착한 세아는 어둡고 긴 터널 같은 계단을 한참이나 올라가서, 사무실 문을 힘껏 잡아당기고는 안으로 빨려가듯 들어갔다. 그리고는 길고 붉은 손톱으로 흘러내린 머리카락을 올리며 건조하고 냉랭하게 말했다.

"소장님, 나에요."

소장이란 사람은 황급히 다가와 연신 굽신거리며 세아에게 자리를 권했다. 세아는 더러운 소파를 힐끗 쳐다보더니 못마땅한 표정으로 눈살을 찌푸린 채 소파에 앉았다.

심부름 업체 소장은 직원에게 커피를 가져오라 말하고는 두툼한 서류봉투 안에서 사진과 이런저런 서류들을 꺼내 들었다.

"이 아가씨 이름은 미루에요. 조 미루."

순간 세아는 귓가를 때리는 낯익은 이름에 몸을 떨었다.

"이름이 어떻게 된다고?"

"미루...."

자신이 죽였던 미루와 같은 미루라는 이름의 여자라니. 어떻게 이런 일이 있을 수 있을까? 세아는 몸이 굳어지고 목구멍이 뜨거워지더니 숨마저 가빠지기까지 했다. 세아가 따지듯 거칠게 물었다.

"두 사람은 어떤 관계지?"

"친구예요. 연인이기도 하고... 그러니까 정록씨의 여자 친구죠."

세아는 눈을 감았다.

'미루의 남자 병길을 빼앗고, 미루를 죽였는데 다시 내가 좋아하는 정록의 여자 친구가 하필 미루인 걸까? 나와 미루는 대체 어떤 운명이기에...'

세아는 잠시 호흡을 가다듬고 생각에 잠겼다.

'설마 죽은 미루가 나를 원망해서 미루로 태어난 것일까. 그럴 리는 없어. 사람은 죽으면 끝나는 거야. 미루언니는 깨끗이 죽었고 이미 오래전 일이야. 세월이 너무나 많이 흘

렸어. 이건 그냥 우연일 뿐이야.'

하지만 세아는 다리가 후들거려서 더 이상 그곳에 있을 수가 없었다. 정록을 돈으로 살 수 있다고, 정록을 사랑하는 만큼 호사스럽게 해주겠다고 생각했고 그렇게 누군가를 사랑할 수 있는 자신이 예뻐 보이기까지 했다. 그러나 정록은 자신의 사랑을 받아주지 않았다. 세아는 정록이 자신을 밀어내면 밀어낼수록 수단과 방법을 가리지 않고 갖고 싶은 것을 가지리라 결심했었다.

어지러움을 느낀 세아는 집에 돌아와서 기진맥진한 채 침대 위로 쓰러졌다. 과거의 일들이 마치 현재처럼 기억 속에서 되살아났다. 그것은 공포이자 두려움이었다. 미루가 다시 살아 돌아올 것만 같았다. 다시 돌아온다면 또 다시 죽일거라 여러 번 되뇌었지만, 그럴 때마다 두려움은 더욱 커져갔고 세아의 머릿속에 미루의 얼굴은 더 또렷하게 새겨지는 것 같았다.

"미루언니, 다 언니 잘못이었어. 난 죄가 없어. 언니가 그런 나쁜 놈을 남편으로 선택했고 말도 안 되는 순진함으로 우리에게 속아 넘어갔으니까. 언니의 그 멍청하고 미련한 결정이 언니를 죽인 거야. 내가 아니라고!
나는 그냥 언니가 가진 모든 것을 갖고 싶고 빼앗고 싶었어. 그게 무슨 잘못이야? 세상에는 남의 것을 뺏고 잘 먹고 잘 사는 인간들이 차고 넘쳤어.

나는 자본주의를 사는 사람으로서 가장 평범하게 원하는 것을 그냥 가질 뿐이라고. 그게 왜 잘못이야!

사람을 죽였다는 것이 잘못이라면 언니도 언젠가는 죽을 거니까. 그 시간을 아주 조금 앞당겼을 뿐이잖아. 게다가 언니는 말도 안 되게 도해오빠의 사랑을 받았었지. 자격도 없는 언니가 나를 대신해서 내 사랑을 뺏었던 거야. 언니만 아니었다면 난 도해오빠와 잘 살 수 있었어. 도해오빠가 그렇게 허망하게 죽지도 않았을 거야. 이 모든 일이 언니 때문이야."

세아는 혼잣말로 미루에게 뭐라고 계속 중얼거리며 미친 사람처럼 거실 안을 서성거렸다. 세아는 앉아 있을 수도, 서 있을 수도 없었다. 갑자기 핸드폰 소리가 요란하게 울렸다. 살인을 청부한 남자였다. 세아는 남자로부터 병길을 죽였다는 말을 들었다.

세아는 작은 목소리로 태연하게 말했다.

"그래 수고했어. 뒤탈 없게 잘 처리해. 한두 번 하는 일이 아니니까 잘 하겠지만."

전화를 끊고 세아는 혼잣말로 병길에게 말했다.

"병길씨, 당신은 이제 지옥으로 출발했네. 나는 오래오래 이곳에서 살다가 죽을 때쯤 모든 것을 용서받고 회개하고

죽을 거니까 지옥에서도 우리는 만날 일이 없을 거야. 잘
가라! 전남편"

이제 병길이 죽어 없어졌고 보험도 들어놨고 이혼도 필요
없이 저절로 미망인이 되었으니, 생각할수록 운이 좋다고
세아는 생각했다. 갑자기 기분이 좋아진 그녀는 콧노래를
부르며 욕실로 들어갔다. 넓고 쾌적한 욕실은 세아가 프랑
스에서 사 온 갖가지 화사한 소품들로 화려하게 꾸며져 있
었다.

욕실의 중앙에 걸려 있는 크고 화려한 거울 앞에 선 세아
는 자신의 얼굴을 세심하게 들여다봤다. 흰머리가 올라오
고 있었다. 시술로는 가릴 수 없는 늙고 쳐진 얼굴이 보였
다. 목에는 몇 갈래 줄이 그어져 있었고 피부는 내려앉고
있었다. 세아는 화가 난 듯 중얼거렸다.

"미루라는 아이의 젊음이 화가 나! 정록이도 내가 가져야
겠지만 내게 없는 젊음을 가진 그 아이를 다섯 번째로 없애
야겠어."

그러더니 세아는 갑자기 콧노래를 부르며 외출 준비를 시
작했다.

저승사자

 세아는 끊임없이 정록을 찾아 구애를 계속하면서 한편으로는 미루를 제거할 계획을 세우기 시작했다. 그렇지만 모든 일들이 늘 그렇게 세아의 뜻대로 되지는 않았다.

 마침내 완전범죄라 여긴 병길의 죽음이 밝혀지고 말았다. 집으로 경찰이 들이닥쳤고 세아는 체포되었다. 청부살인업자는 그동안 세아가 죽인 네 명의 신원을 밝혔고, 증거물은 물론 세아와 통화한 녹취까지 경찰에 제출했다. 세아는 아니라고 소리를 지르며 몸부림쳤다.

 "나는 아니야. 내가 왜 죽이겠어. 내 남편을 내가 죽였다고! 말 같은 소리를 해!"

 경찰은 무표정하게 미란다 원칙을 고지했고, 세아는 경찰차에 몸을 실었다.

 미루와 정록은 서울역 대합실 햄버거집 앞에서 만났다.

둘은 영화를 보기로 했는데 장소가 마땅치 않아서 서울역에서 만나서 함께 가기로 했다. 두 사람은 일찍 만났다. 서울역 대합실에서 사람들과 뒤섞여 빠져나오려고 하는데 뉴스가 흘러 나왔다.

정록은 TV속 낯익은 여자의 모습에 놀라서 자신도 모르게 걸음을 멈춰섰다. 세아라는 사람이 자신의 남편을 죽였고 그 전에도 살인청부로 세 사람을 죽인 살인범이라는 뉴스가 나오고 있었다. 화려한 옷을 입고 수갑을 찬 채 난동을 부리는 세아의 모습이 화면을 가득 채우고 있었다.

미루도 엉겁결에 정록의 옆에서 뉴스를 같이 보고 있었다. 뉴스에서는 세아가 사주한 병길의 전 부인, 미루에 대한 살인도 보도됐다. 미루는 뉴스를 보며 정록에게 말했다.

"아~ 정말 끔찍한 일이지."

"저 여자, 내가 아는 여자야. 자기 이름이 세아라고 했어."

"맞아, 그때 버스정류장에서 본 여자야. 옷을 너무 화려하게 입어서 아직도 기억이 나... 저 여자..."

"저 여자는 나를 스토킹하듯 따라 다녔어."

"겉으로 보기에는 멀쩡한데 살인까지 저지르다니."

"저 여자는 악마였어. 지옥이 있다면 지옥문으로 들어갈 여자야. 사람을 저렇게 많이 죽이고도 죄책감이 없다니..."

"살인자였다니. 소름 끼치고 무서워."

서울역 대합실은 사람들로 분주했다. 사람들은 대합실 의자에 앉아서 경쟁하듯 스마트 폰을 들여다보고 있었다. 시간이 어떻게 흘러가는지 자신이 어디로 가고 있는지 무관심한 표정이었다. 행복하고 즐거운 표정의 사람들은 거의 없었다. 짓눌린 표정, 무관심한 얼굴, 어둡고 삭막한 모습의 사람들이 포장박스안의 내용물처럼 건조하게 줄지어 있었다.

미루는 사람들의 표정을 보며 정록에게 말했다.

"우리도 다른 사람들이 그러는 것처럼 소중한 순간들을 전혀 느끼지도, 알아차리지도 못하고 급류에 떠밀려가듯 그렇게 살게 될까? 태어나면서부터 경쟁하고 경쟁 속에서 서로에게 상처를 주고, 상처받는 일은 이제는 너무나 당연한 일상이 돼버린 것 같아."

"미루야. 우리는 그렇게 살지 않을 거야. 순간순간 깨어있을 거니까."

"모든 성공이 다 아름다운 건 아니니까. 난 타인을 짓밟으면서 행복해지고 싶지는 않아."

정록은 말없이 미루의 어깨를 토닥였고 두 사람은 서둘러 서울역 대합실을 빠져나왔다. 미루는 사람의 인생이란 알 수 없다는 생각이 들었다. 사치스럽고 화려한 여자일 뿐이라고 생각했는데 그 여자가 살인자라니 믿기지 않았다. 살해당한 남편이란 사람은 죽을 때 무슨 생각을 했을까. 어쩌다 살인자를 만나 결혼까지 하고 살았을까. 얼굴도 본 적 없는 세아의 남편이 문득 궁금해지기까지 했다.

그러면서도 미루는 왠지 모를 홀가분함을 느꼈다. 마음속 깊은 곳에서 어깨를 짓누르던 무거운 돌덩이가 치워진 듯 가벼워졌다. 두 사람은 영화를 보고 헤어졌고 슬픈 영화의 새드앤딩 때문인지 미루도 정록이도 말이 없었다.

　다음날 아침이 되었다. 미루가 사는 빌라 밖에는 능소화가 석양의 노을처럼 경쟁하듯 고고하게 피어 있었다. 엄마는 고양이들이 다니는 빈 땅에 조그마한 화단을 만들었고 장미와 능소화를 심었다. 장미가 시들자 능소화가 피어났다. 하얀 창문을 열면 능소화가 손에 닿을 듯 찰랑찰랑 소복하게 올라와 있었고 햇살은 미루의 방을 비추고 있었다.

　미루는 여느 때처럼 아침에 일어나 창문으로 들어오는 햇살을 만끽했다. 상쾌했다. 살아 있다는 것이 이런 것인가. 창가의 희고 부드러운 커튼은 바람결에 춤을 추었고 맑고 투명한 공기가 방안을 가득 채웠다.

　미루의 몸을 이루는 세포 하나하나가 숨을 쉬고 있었고, 즐거웠고, 평화로웠다. 이런 행복한 순간들을 세포 속에 저장하고 싶을 만큼 생의 환희로 가득 찬 아침이었다. 부모님은 두 분 다 일하러 가셨다. 고생하시는 엄마를 생각해서 오늘도 미루는 설거지를 하고 집안을 정리해놓고 학교를 가려던 참이었다.

　한참 그릇을 닦으며 콧노래를 흥얼거리고 있을 때 핸드폰이 요란하게 울렸다. 미루는 전화를 받았다. 낯선 목소리는 세아라는 여자의 변호사라고 했다. 세아가 감옥에서 미루를 한 번이라도 만나고 싶다고, 면회를 와달라는 부탁을 했다고 말했다. 선택은 온전히 미루에게 달려있으며 만나기 싫으면 안 만나도 된다고 했다.

무슨 이유에서 인지 미루는 세아를 만나야겠다고 생각했다. 변호사라는 낯선 목소리의 남자에게 어느 교도소인지를 물어보고 면회 날짜를 정했다. 혼자 가겠다고 했다. 미루는 정록에게는 아무 말도 하지 않았다.

면회 날짜가 다가오면서 미루는 복잡한 마음이 들었다. 왜 세아가 자신을 만나려 하는지 궁금했다. 뿐만 아니라 미루 자신은 왜 또 그 살인자를 만나겠다고 했는지 스스로에게 묻고 싶었다.

미워하는 사람을 끝끝내 미워하고 그 분노를 이기지 못하면 다음 생에서 또 다시 만나게 된다는 이야기가 문득 떠올랐다. 왜 만나야 하는지 나는 알지 못하지만 나의 내면 깊은 곳에서는 그 여자를 마지막으로 만나야 한다고 느끼는 게 아닐까? 미루는 그런 생각으로 이런저런 상념에 잠겼다.

면회 날이 되었다. 미루는 경기도의 후미진 곳까지 차를 여러 번 갈아타고 힘들게 교도소에 도착했다. 밖은 한 여름의 뜨거운 태양이 찌는 듯 작열하고 있었다. 가끔씩 구름이 태양을 가려주기는 했지만 이내 다시 사나운 햇볕이 내리쬐고 있었다. 미루는 이마에 송글송글 맺힌 땀을 손수건으로 닦아내며 교도소 면회실로 들어갔다. 면회실 안은 오히려 차갑고 눅눅했다.

미루는 먼저 가서 기다리고 있었고 잠시 후 세아가 들어왔다. 인생의 황혼기를 넘어서는 마르고 초췌한 여자의 얼굴이 쓸쓸함으로 채워져 있었다.

세아는 처음에는 미루의 얼굴을 제대로 보지 못하고 잔뜩 몸을 웅크리고 앉아 있다가 무엇인가를 결심한 듯 미루의 눈과 마주쳤다. 그러더니 비명을 지르듯 날카롭지만 나지막한 목소리로 탄식했다.

"아~ 당신! 그 눈빛! 미루언니의 눈빛이야. 진짜 미루언니의 그 설명할 수 없는 표정이야. 어쩌면 이리 똑같을까!"

"아줌마, 무슨 말씀을 하시는지 모르겠는데 저를 왜 만나자고 하셨나요?"

"..."

"한번 우연히 만났을 뿐인 저를 교도소에서 찾으시는 이유가... 꼭 만나야 한다고 했던 이유가 뭔가요?"

"나...나를 제발... 용서해요. 내가 미루언니를 죽였어요. 용서를 빌지 않으면 밤마다 악몽으로 죽을 것 같아요. 나는 매일 악몽을 꾸고 있고 밤마다 천벌을 받는 고통을 겪고 있어요."

세아의 죄수복은 그녀의 낯빛을 더욱 창백하게 했다. 화장기 없는 얼굴, 메마른 입술은 마음의 고통 때문인지 거칠게 갈라져 있었다. 흰 머리카락이 세아의 얼굴을 가리고 있었지만 흘러나오는 눈물을 숨기지는 못했다.

미루는 너무나 황당했다. 이 아줌마가 왜 나한테 이러는지 이해할 수 없었다. 아르바이트까지 포기하고 살인자를 만나러 온 자기 자신에 대해서도 화가 치밀어 올랐다. 내가 대체 왜 여기 와 있는지? 미루는 입술을 깨물며 속으로 묻고 또 물었다.

'이 여자는, 아니 이 살인마는 나와 아무 상관도 없는 사람인데 내가 왜 여기에 와서 이 여자의 이런 기괴한 말을 들어야 하는 걸까? 악취 나는 살인자를 보는 것만으로도 갑자기 숨이 막혀. 오지 말았어야 했어!'

미루는 황당함과 짜증을 애써 참으며 차분한 목소리로 말했다.

"나를 죽인 것도 아닌데, 아줌마가 나한테 용서를 구한다니 말이 안돼요. 아줌마는 아줌마가 살해한 죄 없는 사람들에게 용서를 빌어야 해요. 당신은 용서받지 못할 죄를 저질렀어요. 정말 가증스러워요."

여자는 울고 있었다. 흐느끼는 소리가 벽까지 스며들고 있었다.

"미루언니와 이름이 같은 미루씨에게라도 용서를 빌고 싶었어요."

"…"

"물론 나라면 절대 용서 못 할 일이라는 거 잘 알아요. 하지만… 제발 저를 불쌍히 여겨주세요."

미루는 '사람이 죽을 때가 되면 변한다.'는 말이 생각났다. 세아라는 아줌마가 교도소라는 곳에 들어오니 어울리지 않는 용서를 구한다고 생각했다. 이 여자는 살인마가 아닌가. 이 여자가 지금은 이렇게 말하지만 그 안에는 섬뜩한 광기와 살기가 서려 있을 것이 아닌가. 게다가 이 여자는 남자친구인 정록의 스토커였다.

이 여자는 자신의 욕망을 위해서는 뭐든 하는 여자였다. 미루는 마음속으로 면회를 온 일을 또 다시 후회했다.

'이런 여자는 모든 사람들을 괴롭히고 괴롭힐 수 있다는 것을 능력으로 알고 살아온 짐승만도 못한 사람이야. 내가 왜 이 여자를 이렇게 음산한 곳에서 마주하고 있는 것일까.'

세아는 미루의 얼굴을 겨우 흘끗 쳐다보고는 고개를 숙이고 몸을 구부린 채 힘없이 말했다.

"자꾸 꿈에 나타나요. 저승사자인 것 같아요. 나...나를 데려가려는 ..."

"..."

세아는 몸서리를 치고 있었다.

"세 사람의 남자가 나타나서 나를 무섭게 쳐다보며 말했어요. 한 번의 기회를 더 줬는데 내가 사람답게 살지 못했다고... 이제는 정말 지옥행을 면할 수 없다고... 매일 이상한 꿈을 꾸고, 매일 죽을 것 같은 공포 속에서 깨어나요. 이

지옥 같은 꿈에서 벗어나고 싶어요. 제발... 나 좀 살려줘요."

미루는 세아의 말을 들으며 언제인지 기억은 나지 않지만 자신도 똑같이 세아에게 간절한 눈빛으로 살려 달라 애원했던 것 같은 느낌이 들었다. 마치 데쟈뷔를 보듯 똑같은 일이 다시 일어난 것만 같았다.

그 이상한 느낌 때문일까? 미루는 자신도 모르게 눈물을 떨어트렸다. 그리고 그 순간 미루는 세아에게 뿐만 아니라 자신에게도 뭔가 모를 깊은 슬픔을 느꼈다.

미루는 더 이상 이곳에 머물고 싶지 않았다. 하지만 미루는 자신도 모르게 세아에게 무엇인가를 말하고 있었다. 입술 사이로 타고 올라오는 한숨소리는 들리지 않았다. 미루는 차분했다.

"아줌마는 숨을 수 있다고 생각하죠. 남의 것을 다 빼앗고 사는 생이 뺏기는 것보다 화사하다고... 그렇지만 나처럼 뺏기고 사는 사람은 두 다리 쭉 뻗고 잠을 잘 수 있거든요. 그리고 미루언니라는 분께 빌고 또 비세요. 어쩌면 하늘나라에 있는 그 분이 용서해줄지도 모르니까요. 저는 늘 오지랖이 넓어서 쓸데없는 말을 하고 있네요. 왜 내가 아줌마한테 이런 말을 하는지 모르겠어요."

"내가... 내가 잘못했습니다. 용서해 주세요."

"당신은 자신의 죽음을 직감하고 있는 거예요. 용서를 받으면 지옥을 피할 수 있다고 생각하나요? 당신이 지은 그 많은 죄는 이미 당신의 카르마가 되었어요. 당신은 정말 악독한 사람이네요. 마지막 순간까지 잔꾀를 부리고 있어요."

"나 오래 살지 못할 거예요. 바둥바둥 살았는데 내게 남은 생이 많지 않아요."

"당신은 진심으로 죽은 영혼들에게 사죄하고 또 사죄해야 해요."

세아는 흐느꼈다. 미루라는 젊은 여자가 자신의 계획을 알아버렸다고 생각했다. 죽음이 두려웠다. 자신이 살해했던 사람들의 얼굴이 자신의 목덜미를 잡고 놓아주지 않는 것 같았다. 악몽으로 하루하루가 그야말로 지옥이었다.

세아는 미루를 불러보고 싶었다. 미루의 얼굴에는 미루언니의 얼굴이 그대로 있었다.

"언니..."

"난 미루예요. 당신의 언니가 아니에요."

"네. 죄송해요."

"안녕히 계세요. 우리가 다시 만날 일은 이제 영원히 없을 거예요."

"용서를, 미루 언니 대신... 용서를 해주세요. 제발..."

"저는 아줌마를 용서할게요. 하지만 미루 언니라는 분의 용서는 제 몫이 아니에요. 안녕히 계세요."

"고마워요..."

미루는 세아의 울음소리를 들으며 자리에서 일어났다.

인생이란 정말 알 수 없는 여행이었다. 세아라는 여자는 잠깐 다녀갈 여행에서 정신 줄을 놓아버린 것이다. 이곳에서 영원히 살 것으로 착각하고 착실하게 쓰레기만 잔뜩 진열해 두었다. 그리고 그 쓰레기들로 인해 길을 잃어버렸다. 나중에는 해서는 안 되는 일들을 저지르고, 가서는 안 될 길로 발을 들여놓았다. 스스로 지옥의 문을 열고 들어갔고 그 다음은 또 다른 지옥이 기다리고 있었다.

쟈스민의 노래

정록은 '무궁화호를 타고 싶다'는 미루의 말에, 무궁화호 기차표를 예매했다. 미루는 느린 여행을 하고 싶었다. 길고 느린 여행을 하면 빠르고 초조한 마음이 사라질 것만 같았다. 인생이란 새롭게 깨어나기 위한 특별한 여행이니까.

미루는 여행을 위해 밀짚모자를 샀다. 모자를 유난히 좋아하는 미루는 새로 산 모자를 쓰고 검은색 배낭을 메고 기차역으로 향했다. 세상에서 제일 좋아하는 정록이와 함께하는 여행이어서 미루의 가슴은 뛰고 있었다.

어쩌면 우리 모두는 순례자가 되어 여행을 하고 있는지도 모를 일이었다. 여행 중에 안 좋은 일을 겪기도 하고 기쁜 일을 만나기도 하지만 그 모든 것들은 순례길에서 만나는 하나하나의 자각이니까.

정록은 먼저 와서 기다리고 있었다. 미루의 눈에 정록의 검게 탄 얼굴이 오늘따라 유난히 멋있어 보였다. 정록은 미리 예약한 기차표를 보여주며 싱긋 웃어 보였다. 정록의 미소가 따뜻한 숨결이 되어 미루의 가슴을 흔들었다.

미루는 바다가 좋았다. 바다에 가면 모든 억울함과 고통이 씻겨나갔고 모래사장 위를 맨발로 걸을 때면 땅과 하나가 되는 느낌이 행복했다. 모든 바다가 좋았다. 서해바다의 일몰을 볼 때면 자연이 주는 아름다움과 환희로움에 자신을 잊어버리곤 했었다. 그 모든 잃어버리는 시간, 내어 맡기는 시간이 미루를 미루답게 했다.

내가 미루라는 것은 사라졌다.

있는 그대로의 아무것도 없는 내가, 그냥 아무 생각 없이 서 있었다.

두 사람은 기차를 타고 바다로 가고 있었고 시간마저 잊은 채 창밖을 보고 있었는데 어느덧 동해역이었다. 두 사람은 바다로 갔다.

하늘은 드높았고 가끔 구름이 흘러가다가 멈춰서기를 반복하며 세상사를 멀찍이 바라보고 있었다. 파도는 높게 튀어 올랐다가 다시 낮은 곳으로 내려오더니 모래의 작은 몸을 부드럽게 어루만졌다.

코발트색 바다가 주는 차가운 느낌이 따뜻하고 정겨웠다. 바다의 영혼이 들려주는 모든 소리들은 저마다의 속삭임과 저마다의 각별한 인사로 분주했다. 고요한 즐거움과 소란스러운 적막이 미루와 정록에겐 익숙하고 편안했으며 그들이 건네주는 축복의 따사로움을 온몸으로 받아들였다. 미루는 바다 위를 유유히 날아다니는 갈매기를 향해 하늘로 치솟듯 뛰어 올랐다.

미루는 큰소리로 외쳤다.

"세상 모든 것들이 우리를 사랑한대!"

정록은 미루를 미소 지으며 바라보았다. 미루는 감격스러운 마음으로 두 팔을 하늘을 향해 들어 올리고 말했다.

"정록아, 바다도 하늘도 그리고 새들도 우리를 사랑하고 있대. 나는 그 목소리를 다 알아들을 수 있어."

파도가 미루의 말에 대답하듯 파도의 노래를 들려주었고, 다시 한 번 모래사장 위를 반들반들하게 적셔주었다. 하늘을 나는 갈매기들은 저마다의 목소리로 인사했고 멀리서 있는 등대는 조금도 외로워 보이지 않았다. 저마다의 길을 파도도 갈매기도 등대도 걸어가고 있었고 그것이 사람의 눈에는 간혹 정지하거나 멈추거나 움직이거나 찰랑거리는 것으로 보일 뿐이었다.

바다를 만끽한 두 사람은 강릉으로 가는 버스에 올라탔다. 잊어버린 추억이 있다면 강릉일거라 생각하며 정록에게 같이 강릉으로 가자고 말했었다. 미루는 늘 강릉이 그리웠다. 딱히 고향도 아니었고 친인척이 사는 것도 아니었다. 그곳에는 아는 사람도 하나 없었다. 그렇지만 강릉은 미루에게 고향같이 느껴졌다. 부모님과 경포대 여행을 다녀온 것 말고는 강릉에 대한 추억도 없었지만 미루에게는 기억 나지 않는 추억으로 가득했다.

기차 안에서 두 사람은 차창 밖을 보면서 두 손을 잡고 아무 말도 하지 않았다. 정록이와 있으면 말을 하지 않아도 불편하지 않았다. 다른 사람들하고 있을 때면 형식상, 예의상 쓸데없는 수많은 말을 해야 했지만 정록이와 함께 할 때면 말을 하지 않아도 정록이가 자신의 말을 귀 기울여 들어주고 있다는 것을 느꼈다.

아름답다는 것도 천 가지의 아름다움이 있고 신중하다는 것도 천 가지의 신중함이 있으며 오묘하다는 것도 천 가지의 오묘함이 있었다. 정록은 미루가 말하지 않는 말의 천 가지 의미를 알아들었고 하나하나 기억했다.

두 사람은 오래된 집들을 찾아다녔다. 강릉의 구석진 곳에 오래된 집이 한 채 있었다. 그 집은 지금은 아무도 살고 있지 않은 오래된 한옥이었다. 왠지 그 집안으로 들어가니 마음이 편안하고 애틋했다. 두 사람은 그곳에서 살았던 사람들을 상상하며 살아 있는 모든 생명들이 배고프지 않고 행복하기를 기도했다.

화창하게 맑은 날이었고 이제는 가을바람이 제법 쌀쌀했다. 청량하게 펼쳐진 푸른 하늘이 미루의 그늘진 마음을 쭉 쭉 펴주었고 미루의 마음에는 햇살이 그득 담겼다.

251

원한과 슬픔이 걷힌 하늘에는 쑥부쟁이가 너울거렸다.

미루는 정록의 손을 꼭 잡으며 말했다.

"꽃을 땅에만 심는 게 아니야. 꽃은 땅에만 피는 게 아니더라구."

정록은 함박 미소로 미루를 바라보며 말했다.

"아. 그런가."

"그럼 하늘에도 꽃을 심을 수 있거든. 내가 하늘에 심은 꽃들이 지금 피어나고 있는데 잘 보여?"

"응. 잘 보여."

"그럴 줄 알았어."

두 사람은 하늘의 문을 열고 들어가서 하늘에 핀 꽃들을 만난 듯 서로가 즐거웠다.

정록은 미루의 여린 마음이 좋았다. 하늘에 꽃을 심을 수 있는 그 마음이 향기로웠다. 미루가 말하면 믿어주고 미루가 보는 것을 그저 함께 보고 싶었다.

강릉에 온 두 사람은 고향의 뜰을 거닐 듯 여기저기를 걷고 또 걸었다. 배고프면 밥을 먹고 걷다가 지치면 쉬기도 했다.

정록은 미루에게 다정하게 말했다.

"오늘 우리가 살았던 하루의 삶을 우리의 세포는 기억할 거야. 마치 천년의 세월처럼."

"응"

"우리, 앞으로는 헤어지지 말고 그렇다고 집착도 하지 말고 서로를 자유롭게 하면서 서로를 살펴주고 아껴주자."

미루는 정록의 마음이 깊이 느껴졌고 행복했다. 그리고 고마웠다. 미루는 사랑받는 법을 잘 몰랐다고 생각했다. 이제는 사랑하는 것도 사랑받는 것도 자신이 생겼다.

정록은 미루에게 아름답게 나이 들어가는 미루의 모습을 보고 싶다고 했다. 함께 나이 들고 삶의 끝이며 여행의 끝일지도 모르는 죽음의 순간까지도 행복하고 싶다고...

두 사람은 강릉의 바닷가로 갔고 파도 소리를 들으며 많은 이야기를 나누었다. 긴 밤은 순간처럼 지나갔고 어느새 붉은 태양이 떠오르고 있었다.

태양은 찬란했지만 미래는 알 수 없었고, 모든 것이 분명하지 않았다. 손에 잡히는 그 어떤 것도 없었다. 정록은 미루를 만나면 만날수록 자신의 부족함이 크게 보였고 미루에게 어울리지 않는 자신을 책망하기도 했다. 그렇지만 어느 순간 두 사람은 누가 먼저랄 것도 없이 손을 굳게 잡고 태양을 향해 가슴을 열었다.

아침의 차고 싱그러운 기운이 두 사람을 더욱 살아 있게 했다. 살아 있다는 것이 이렇게 행복하고 황홀한 것인가를 잘 몰랐는데 함께 하니 살아 있음은 더욱 생생했고 즐거웠다. 정록은 미루의 눈에 담긴 태양을 보고 있었다. 미루의 눈은 태양처럼 빛나고 있었고 그런 미루의 모습은 정록에게 존재의 이유가 되고 있었다.

정록은 미루를 보며 자신이 좀 더 나은 남자가 되어야겠다고 다짐했다. 어느새 미루와 정록은 서로를 가장 깊이 느끼며, 헌신과 사랑으로 함께 하리라는 것을 알았다.

정록은 미루에게 말했다.

"미루야, 이번 생을 나와 함께 해줘!"

"…"

정록은 미루의 태양처럼 빛나는 눈을 깊이 바라보며 다시 힘주어 말했다.

"우리 헤어지지 말고 늘 함께 하고 서로 사랑하며 이번 생을 아름답게 살자!"

"응, 정록아. 나 너와 함께 사랑하고 아파하고 이겨내고 치열하게 그렇게 잘 살 거야. 난 이미 너와 함께 하기로 결심했어."

바다가 두 사람의 언약을 축복해 주었고 파도가 경쾌하게 노래했다. 정록과 미루는 기도하는 마음으로 파도를 바라보고 있었다. 미루는 집에 돌아와 앞으로의 인생을 위한 유서를 썼다. 나중에 세월이 흘러 정록에게 전할 편지이기도 했다.

〈미루의 유언장〉

나의 사랑하는 남편 정록, 그리고 우리의 아이들에게

나와 이번 생을 함께 해줘서 정말 고마웠습니다. 착하고 마음 깊은 당신 같은 멋진 남편을 만난 일은 내 인생의 큰 행운이었습니다. 남을 배려하는 마음을 지닌 아이들은 내 인생의 커다란 축복이었습니다.

우리는 남보다 많이 가지려 하기 보다는 남에게 더 많이 주려 했고, 타인을 경쟁에서 이기기보다는 타인의 아픔과 상처를 보듬어주려는 삶을 살려 했습니다. 그런 인생보다 더 큰 축복은 없습니다. 나는 너무나 행복하고 즐겁게 나의 이번 생을 살았습니다. 후회는 없습니다. 즐거움만이 가득했습니다.

설사 아프고 힘든 일이 있더라도 모든 것을 순리대로 따르려 했고, 같이 나이들고 늙어가는 기쁨을 누렸습니다. 매일 매일이 그저 좋은 날이었습니다.

나의 사랑하는 정록씨, 당신에게 무한한 감사를 드립니다.

당신은 내 인생의 수호천사였고 나의 사랑이었으며 동반자였습니다.

우리 모두가 하나로 연결되어 있다는 것을 처음으로 알게 해준 사람이었고 다른 이의 눈물이 아프다는 연민을 알게 해주었습니다.

그런 마음으로 키운 아이들은 성실하고 사랑이 많습니다.

그래서 나의 인생은 너무나 행복했습니다.

남아 있는 모든 가족들에게 감사합니다.

부디 내가 떠날 때 울지 말기를!

즐겁게 웃으면서 보내주기를 !

나의 장례식에 내가 좋아하는 라흐마니노프 피아노 협주곡 2번을 들어주고 가끔은 나를 기억해주기를 바랍니다.

사랑합니다.

내가 죽더라도 나의 사랑은 영원히 남을 거예요.

세월은 꽃이 피고 지듯 빠르게 흘러갔다. 미루와 정록의 나이 스물네 살, 두 사람은 결혼을 결심했다. 사람들은 아직 너무 이르다며 결혼을 말리기도 했지만 두 사람의 결심은 확고했고 소박한 결혼이 가장 아름답다고 생각했다.

미루와 정록의 결혼식 날은 화창했다. 야외에서 하는 작은 결혼식에는 의자가 열 개 쯤 놓여 있었고 미루와 정록의 부모님과 친척 몇 사람만 자리에 앉았다. 봄빛으로 주위는 푸르른 신록이 감싸고 있었다. 작은 언덕에 자리한 소박한 결혼식이었다. 친구들과 가까운 사람들이 환희롭게 두 사람의 결혼을 축복해 주었다.

어디선가 한 남자가 나타났다. 흰색의 슈트를 단정하게 입고 바다색이 감도는 짧고 깔끔한 머리에 키가 훤칠하게 큰 남자였다. 신랑과 신부를 다정하게 바라보며 미소 짓는 그 남자의 흰 이마에 부드러운 곱슬머리가 살짝 흘러내렸다.

사야도였다. 사야도의 어깨에는 작은 새, 쟈스민이 노래하고 있었다. 결혼식 축가가 흘러나왔다. 열정적으로 노래하는 미루 친구들의 노래는 즐겁고 행복했다. 미루는 하얀 드레스와 면사포를 쓰고 하얀 꽃을 손에 들고 있었고, 희고 고운 작은 들꽃처럼 웃고 있었다. 옆에 서 있는 정록은 아름다운 미루의 얼굴을 바라보며 긴장한 듯 어깨가 굳어 있었지만 마음속 환희로움으로 미루 옆에 굳건히 서 있었다.

사야도는 오늘따라 더욱 기품 있었고, 섬세하고 단정하게 생긴 입술은 화사한 미소로 가득했다. 사야도는 두 사람을 지그시 바라보더니 결혼식 축가를 듣고 사라졌다. 아무도 사야도를 보지 못했다.

감사의 글

　골든 플랫폼, 한 번도 가보지 못했지만 어쩌면 수없이 가보았을 그곳이 이내 그리워집니다. 거대한 우주가 호흡하고 기지개를 켜듯 이제 누워 있던 몸을 일으켜 세상을 만납니다. 저의 눈이 뜨일수록 이번 생에 만난 모든 분께 감사한 마음이 가득해집니다.

　골든 플랫폼이 세상에 나오기까지 저에게는 수많은 스승님들의 가르침이 있었습니다. 이번 생에서 만났고 앞으로 만나게 될 스승님들께 진심으로 감사드립니다. 그분들의 말없는 안내로 골든 플랫폼으로 떠날 수 있었고 환희롭게 되돌아 올 수 있었습니다.

　골든 플랫폼이 독자들과 함께 할 수 있도록 애써주신 글통 출판사와 관계자 여러분의 노고에 감사드립니다. 여러 번 그림을 그리는 수고를 아끼지 않으신 홍동표 작가님, 고생이 많으셨습니다. 또한 책이 나오기까지 늘 격려를 아끼지 않은 동생이자 도도마티오 대표인 이정현님께도 고맙다는 말을 전합니다. 모두에게 너무나 감사한 마음을 드립니다.

2023년 여름비가 개인 어느 날

이지현 올림

골든 플랫폼

죽음 이후 알게 된, 진정한사랑

초판 1쇄 인쇄 2023년 9월 15일
초판 1쇄 발행 2023년 9월 25일

저자 이지현
발행 홍기표
기획 이웅석
디자인 이소영
표지그림 홍동표
펴낸곳 글통출판사
인쇄 정우인쇄
등록 2011년 4월 4일 (제319-2011-18호)
팩스 02-6003-0276
페이스북 http://www.facebook.com/Geultong
이메일 geultong@daum.net
ISBN 979-11-85032-68-9

책 값 : 15,000원